徳間文庫

天霧家事件

太田忠司

徳間書店

目次

序　章

石神《いしがみ》さん――。

私は今、少々悩んでいるところだ。

何かとびきりの事件が起きたなら、その顚末《てんまつ》を必ず報告すると石神さんに約束していたよね。だからこれまでも、特筆すべき事件は細大洩《も》らさず書き記して送ってきた。

しかし今回の事件ばかりは、そうするべきかどうか迷っている。

つまらない事件というわけではない。それどころか、ある意味ではこれほど特異な事件もないだろう。

石神さんの興味をおおいに駆り立てる物語だ。

にもかかわらず、こんなに躊躇《ちゅうちょ》しているのは、ひとつには事件の背景となった人間の心の奇怪さに私自身が打ちのめされてしまって、いまだに立ち直れないでいるせいもある。

そしてもうひとつは——こちらのほうが問題なのだが——この事件の隠れた事実を、俊《しゅん》介《すけ》に知られたくないからでもあるのだ。

今回の事件に、俊介は直接関《かかわ》ってはいない。彼が留守をしている間に、私ひとりで調査にあたったものだ。最近は俊介の推理力に頼ることが多かったので、結構苦労させられたよ。おかげで随分な回り道をしてしまったような気がする。

しかし後になって考えてみれば、これは幸運なことだったに違いない。私は今、つくづく俊介がこの事件に携わらなくてよかったと思っている。

もちろん、このような事件が起きたこと自体は、俊介にも話してある。しかし事件の根幹をなすある事実については、あえて伏せておいた。過保護かもしれないが、俊介にはまだ、こんな事件に関ってほしくはないのだ。

これまでの事件で俊介は、人間が内に孕《はら》む闇《やみ》に何度も逢着《ほうちゃく》してきた。そしてそのたびに彼は深く傷つきながらも、なんとか克服してきた。

だが今度の事件だけは、俊介にはまだ早い。そう思うのだ。

だから石神さん、私がこれから書き綴《つづ》る物語のことを、俊介に明かすことはしないでほしい。できれば読後焼却して、捨ててもらいたい。

読み終えた後、私の危惧《きぐ》をなるほどと納得してもらえるか、野上《のがみ》は大袈裟《おおげさ》すぎると一笑されてしまうか、それはわからない。

しかし今の私は、石神さんにそうお願いしたい気持ちで一杯なのだ。

さて、もったいぶった前口上はこれくらいにしておこうか。

まずは夏休みも終わろうとする朝、俊介が出かけようとしている場面から、話を始めることにしよう——。

第一章　黒衣の依頼人

「早くしないとおいてくわよ」

美樹《みき》がぷりぷりしながら睨《にら》みつけている。

「大丈夫？　忘れ物はない？」

アキが大きな鞄《かばん》を手渡しながら、声をかける。

「う、うん……」

あたふたと自分のポケットを探りながら、俊介はどちらに答えたのかよくわからないような返事をした。

「ねえ狩野《かのう》君？」

「俊介君？」

「大丈夫だよ。うん大丈夫」

俊介は自信なさそうに頷《うなず》いた。

「よし、行くよジャンヌ」

声をかけると、ジャンヌは鞄を踏み台にして飛び上がり、俊介の肩に乗った。

「じゃ野上さん、行ってきます」

「ああ、行っておいで。気をつけてな」

「はい。あの、もし僕がいない間に何かあったら……」

「そんなこと、野上さんに任せておけばいいの。それより早く！」

美樹に半《なか》ば引きずられるようにして俊介は事務所を出ていった。扉が閉まると一瞬にして静寂が訪れる。

私は思わず溜息《ためいき》をついた。

「やれやれ……まるで台風が通りすぎたような感じだな」

「お疲れさま。お茶でも淹《い》れるわね」

アキは私の肩を叩《たた》くと、湯沸室に向かった。

「店のほうはいいのかい？」

私が声をかけると、アキはふりむきもせずに、

「店長に任せてるから大丈夫。あたしが二、三時間いないくらいで潰《つぶ》れるようなお店じゃないしね」

と、いたって暢気《のんき》なことを言いながら、ドアの向こうに姿を消した。

「店長も大変だな……」

私は、もう一度溜息をつかないではいられなかった。

その日は夏休みの最後の月曜日だったが、俊介は同級生の美樹や久野君たちと、久野君の家の別荘に三泊四日で出かけることになっていた。

私との約束を守るため、俊介は前夜まで夏休みの宿題を済ませようと必死に頑張っていた。なんとか宿題のほうは終わらせたのだが、肝心《かんじん》の出かける準備を忘れていたので、たった今までアキに手伝ってもらいながら大急ぎで仕度《したく》をしていたというわけなのだ。

やがてアキが紅茶を持って戻ってきた。

「お、ありがとう」

私はアキからカップを受け取り、香りを楽しみながらゆっくりと飲んだ。

「野上さんも一緒に行けばよかったのに」

アキは長椅子《ながいす》に腰を降ろすと、自分の紅茶を一口飲んでから言った。

「そうはいかんよ。仕事があるんだから」

私が反論すると、

「へえ、どんな仕事?」

と、即座に切り返してきた。

「それは……」

私は答えに詰まってしまった。

「今はちょうど暇になっているが……しかしね、いつなんどき依頼者がやってくるかわからないんだし……」

　言葉尻に力がなかったのは、本当に依頼者がやってくるのかどうか、自分でも自信がなかったからだ。

「ねえ、真面目な話、もうちょっと俊介君と遊んであげてもいいんじゃない？」

　アキは私が怯《ひる》んだのを見抜いたのか、さらに追い撃ちをかけてきた。

「夏休みの間、全然どこにも行かなかったじゃない。やっぱりどこかに連れていってあげなきゃ」

「行ったじゃないか。玄武塔に」

「あれは……あたしが頼んだお仕事でしょ。そうじゃなくて——」

「わかってるさ」

　私はアキが言い募《つの》ろうとするのを、掌で押しとどめた。

「たしかに親代わりとしては、俊介ともう少し遊んだほうがいいだろうとは思っているよ。だが、俊介自身がそれを拒否してるんでね」

「野上さんと遊ぶことを？」

「そういう言われかたをすると、まるで私が嫌われてるみたいだが」

　私は思わず苦笑してしまった。

「実際の話、海にでも行こうかと何度も誘ったんだ。だが俊介は行きたくないと言った。正確に言えば、私の仕事を妨げてまで行きたくはない、とね」

「なるほど……俊介君らしい言いかたね」

　アキも苦笑する。

「だから今度の話は渡りに船だったんだよ。友達となら俊介も気兼ねなく出かけられるし」

「野上さんとしても、俊介君が積極的に同年代の友達とつきあう機会ができて安心できるしね」

　私はそれには答えなかったが、アキの言葉は図星を指していた。

「でも、久しぶりに野上さん、ひとりっきりね。寂しくない？」

「寂しいもんか。俊介がやってくるまで、私は何年もひとり暮らしをしてきたんだからね。それにたかだか四日のことじゃないか」

「そんなこと言って。本心を言いなさいよ。寂しいんでしょ？」

　アキの追及は妙にしつこかった。

「アキ、何が言いたいんだ？」

「別に。ただ野上さんがどうしてもって言うなら、しばらく事務所にいてあげようかなって思っただけよ」

「おいおい、『紅梅』のほうはどうなるんだ？　ずっと店長ひとりきりにできないだろうが」

　これには私も呆《あき》れてしまった。たしかにアキは我が石神探偵事務所の非常勤所員という扱いになっているが、本業は喫茶「紅梅」の看板娘なのだ。私の仕事を手伝うときも、あくまで喫茶店の仕事を優先することを条件にしている。

「お店のほうなら店長に任せて――」

「それは駄目だ」

　私は少しだけ語気を強くした。

「いいかね、いつもいつも店長に仕事を押しつけて私の所にばかり入り浸っていられると、私のほうが店長に申しわけが立たなくなる。店長は温厚なひとだから表立って文句は言わないだろうが、それだけに迷惑をかけたくはない。わかるだろ？」

「……そうね、わかったわ」

　アキはさすがにしゅんとなった。

「でも、誤解しないでね。あたし『紅梅』の仕事を軽く見てるわけじゃないのよ。あっちのほうも大事なお仕事だと思ってるんだから」

「それは、わかってるさ」

　さすがにちょっと言いすぎたような気がしたので言葉を和《やわ》らげると、アキはすぐに笑み

を戻して、

「わかってるなら安心して。あたし、ふたつの仕事を同時にできないほど不器用な人間じゃないんだから。お店も探偵も、立派にやりこなしてみせるわよ」

と、胸を張った。

「……やれやれ」

私は、今日何度目かの溜息をついた。

そのとき、事務所の扉を叩く音がした。

「はあい」

私が立ち上がるより早く、アキが扉に向かっていった。

私の机から玄関は見えない。アキが扉を開けて誰かと話をしている声が、かすかに聞こえてくるだけだ。

やがてアキが戻ってきた。少しばかり複雑な表情だった。

「あの、お客様みたい」

「お通ししてくれ」

私は紅茶の器を片づけながら答えた。

アキはもう一度引っ込み、やがてひとりの女性を連れて戻ってきた。

「野上、英太郎《えいたろう》様でいらっしゃいますか」

その女性は、静かな口調で問いかけてきた。

「ええ、さようです。ご依頼ごとですかな？」

「はい、お話を聞いていただけますでしょうか」

「もちろんです。こちらへどうぞ」

私はいささか面食らっていたが、彼女を応接室に案内した。そしてアキに目配せをする。アキはすぐに湯沸室に入っていった。

私が面食らっていた理由、そしてたぶんアキが複雑な表情をしていた理由、それはその女性の服装にあった。

彼女は頭の先から足の先まで、真っ黒な衣装に身を包んでいたのだ。

黒い帽子に黒いワンピース、黒の手袋に黒の靴。手にしている鞄も、当然のように黒革のものだった。帽子の庇《ひさし》には黒いベールが下がっているので、表情がよく読み取れない。だがベールでは隠しきれない部分、形のよい顎《あご》の線と鮮やかな薔薇《ばら》色の唇が強い印象を与えていた。

やがてアキが紅茶の用意をして応接室に入ってきた。彼女は依頼者と私、そして自分の分のカップを卓に置くと、当然のように私の隣に座った。依頼者の手前、アキの振る舞いを咎《とが》めることもできなかった。

「それで、ご依頼の件というのは、どのような？」

私が水を向けると、依頼者の女性は気持ちを落ち着かせるように口許《くちもと》に手を添え、それから手提げ鞄を開いた。

「じつは……人を捜していただきたいのです」

彼女が鞄から取り出したのは、一枚の写真だった。

そこにはふたりの少年が写っていた。どこかの海水浴場で撮影したものだろう。砂浜を背景にしている。ふたりとも水着姿だった。向かって左側に立っている少年は丸々と太っていた。腹部の脂肪が水着の縁からはみ出ている。髪を短く刈り上げているので、顔の丸さがさらに強調されていた。眼は細く、眉《まゆ》がかなり薄い。そのせいでひどく人相が悪くなっていた。

隣にいる少年は、まるで対照的だった。小柄で肋骨《ろっこつ》が浮き出て見えるほど痩《や》せている。手前で組んだ指もひどく華奢《きゃしゃ》な感じだ。陽光のまぶしさに眼を細めていたが、それでも少年の整った顔立ちは崩れていなかった。

「このふたりを捜すわけですか」

「いいえ、そちらの小さいひとのほうを」

「なるほど。しかしこの写真、ずいぶん古いもののようですが」

「はい、十七、八年前のものだと思います」

「すると、この少年はもう大人になっているわけですね？」

「ええ、たぶん二十八か九くらいにはなっているはずです」

「うむ……」

私は唸《うな》ってしまった。

「この写真の他に手がかりは？」

「それが……ないんですの」

依頼者はうつむいた。

「まるでないんですか。この人物の名前とか住んでいた場所とか」

「それも、わかりません。ただ、左側に立っているひとならわかります。それは……わたしの夫でした」

「ほう……」

私はあらためて依頼者の女性を見つめた。

「でした、と過去形でおっしゃられるということは……」

「亡くなりました。夫の名前は鈴木政秀《すずきまさひで》と言います」

「そうでしたか。それはどうもご愁傷さまでした」

そのとき、まだ依頼者の名前を聞いていないことに気がついた。

「ところで、奥さんのお名前は？」

「あ……わたしは、あの、鈴木道子《みちこ》と申します」

依頼者はなぜか言葉をつかえさせながら、答えた。

「鈴木さん、どういう経緯でこの人物を捜したいのですか」

「やっぱり、そのことをお話ししないといけませんわね。わたしの恥を申してしまうことになりますので心苦しいのですが」

「どうぞ、お気を楽にして話してください」

私が促すと、道子は躊躇しながらも話しはじめた。

「夫は生前、わたしには昔のことをほとんど話してくれませんでした。子供の頃《ころ》はどんなだったかとか、わたしと出会うまでは何をしていたかとか、そういうことを全然言わなかったんです。夫が亡くなってはじめて、わたしはあのひとのことを何も知らないことに気がつきました。それがなんと言うか、とても悲しくなってしまったのです。このまま夫のことを何も知らずに終わらせたくはない。せめて昔の夫がどんなひとだったのか、それを知っているひとに会ってお話を聞きたい。そう思ったのです。それで夫の持ち物を探ってみました。夫は昔の品物をほとんど残しておりませんでしたが、たまたまこの写真だけは押し入れの中の柳《やなぎ》行李《ごうり》に入っているのを見つけることができました。これが唯一の手がかりなのです。それで、なんとかこの写真に夫と一緒に写っているひとを捜し出したいと思ったわけなのです」

「なるほど……」

こいつは厄介な仕事だな、と内心思いながら、私は道子と名乗る女性と差し出された写真を見比べていた。人捜しをするには、あまりに情報が乏しすぎる。

写真を裏返してみたが、何も書かれていなかった。

「ところで鈴木さん、お住まいはどちらですか」

私が尋ねると、道子はこの街から特急で五時間の距離にある都市の名前を告げた。

「そんな遠くからですか。この件のためだけにいらっしゃったのですか」

「はい」

「それはどうも大変でしたね。ところでどうしてこの街にいらっしゃったのです？　この街にご主人の消息を知る手がかりがあると、どうして思われたのですか」

「それは、あの……」

道子はまたも躊躇する素振りを見せた。

「夫は過去のことを全然話さなかったわけではないのです。話のついでに、この街に住んでいたというようなことを話したことがありまして。それで何か手がかりがないものかと思いまして……」

「そのとき、ご主人はこの街のことについて何と話されていたんですか」

「詳しいことは何も。ただ子供の頃ここに住んでいたことがあると言っただけでした」

「そうですか……」

私は溜息まじりに呟《つぶや》きながら、写真を見つめつづけていた。

そのとき、ふたりの少年が身に着けている水着の一部に白い模様のようなものがあることに気がついた。私は飾り棚の抽斗《ひきだし》から虫眼鏡を取り出して、その部分を拡大してみた。

はっきりとはわからないが、文字のようなものだった。この形を私は、どこかで見たような気がした。ごく最近、眼にしたことがあるはずだ。

そして、唐突に思い出した。

「どうかしたの？」

アキが脇《わき》から虫眼鏡を覗《のぞ》きこもうとした。

私は虫眼鏡と写真を背広のポケットにしまい込んだ。アキはつまらなそうな顔をする。

「いや、何でもない」

「もうひとつ、教えていただけますか」

私はアキの不満に気づかないふりをしながら、道子に尋ねた。

「どうして私の所にいらっしゃったのです？　石神探偵事務所のことをご存じだったのですか」

「はい、存じております。こちらのお噂《うわさ》は、以前から聞いておりましたので。とても優秀な探偵でいらっしゃるとか」

道子の口調には、おもねるような響きがあった。

「さようですか。そんな遠方まで私どものことが知られているとは思いませんでした。うれしいことです」

私はとりあえず恐悦しておいた。

「それで、いかがでしょう？　お引き受けいただけますでしょうか。野上様にお願いできれば、これほど心強いことはないと思いますの」

阿諛《あゆ》するような物言いで、道子は尋ねてきた。ベールに隠れて表情は見えないが、視線が私に注がれていることは実感できる。

私は少し考えるような仕種《しぐさ》をしてから、答えた。

「わかりました。どれだけのことがわかるか、現段階では明言できませんが、可能なかぎり調査してみましょう」

「ありがとうございます」

道子はほっとしたようだった。

「それで、どれくらいでわかりますかしら？」

「何とも言えませんな。情報が乏しすぎますからねえ」

「では、毎日この時刻にお電話を差し上げますので、その都度わかったことを教えていただくということにいたしたいと思いますけど、よろしいでしょうか」

「それよりは、私のほうから鈴木さんに連絡を取ったほうが、簡単ではないかと思いますがね」

「いえ、それはできませんの」

道子はなぜかきっぱりと言い切った。その後で、急に不安そうな声になり、

「いえ、あの……つまりですね、わたしはすぐに家に戻らないといけないのです」

「では、お宅に電話を——」

「それもいけません。わたし、いろいろと出歩いておりますので、連絡がつきにくいと思いますの。ですからわたしのほうから野上様の所にお電話を差し上げるほうが、よろしいんです」

「そうですか、なるほどね」

私はあえてこだわらないことにした。

「わかりました。ではこの時間にはなるべく事務所にいるようにいたしましょう。ただこういう仕事ですので、必ずというわけにはいきません。もしいなかったら、また後から電話をしていただかなくてはなりませんが」

「よろしゅうございますわ」

道子はこれで話は終わった、とでもいうように椅子から立ち上がった。

「それではお手数ですが、よろしくお願いいたします」

そう言うと彼女は、そそくさと応接室を出て、こちらが案内するのを待たずに事務所から出ていった。

「……なんなの、あれ」

依頼者を見送った後でアキが呟いた感想が、これだった。

「全然わけのわからない調査依頼じゃないの。旦那《だんな》の素性もわからなければ、本当にこの街に捜す相手がいるかどうかもわからないし。曖昧《あいまい》すぎるわよ」

「たしかに、曖昧だね」

私は素直に同意した。

「あの女性が話してくれたことは、ひどく情報の乏しいものだった。あれだけの話で目的の人物を捜し出すことができたら、それこそ神業だよ」

「じゃあ、どうして引き受けたりしたの？」

アキが突っ込んでくる。

「遠い街にも名が知れ渡ってるって聞いて気分がよくなったから？　それとも、あのひとがきれいだから？」

「きれいかどうか、あの格好じゃよくわからないな。まあ、雰囲気からしてそれなりの美人だとは思うが……」

言っている間にアキの眼がつりあがってくるのがわかったので、私はそれ以上道子の容姿について言及するのは避けたほうが賢明だと判断した。

「だが、私の名が津々浦々にまで知られているなんて話は、悪いけど信用していないね。自慢じゃないが、それほど自惚《うぬぼ》れているわけじゃない。彼女はこの街で私のことを聞いたか、あるいはもっと別の理由で私のことを知っていたに違いない」

「別の理由って?」

「それはわからんさ。彼女に直接尋ねてみないことにはね。とにかく私は、おだてられて仕事を引き受けたわけじゃない」

「じゃあ、どうして?」

「もちろん、勝算があるからさ」

私は先程道子から受け取った写真を、虫眼鏡と一緒にポケットから取り出した。

「あ、さっき熱心に見てたやつね。何があるの?」

アキは虫眼鏡を手にすると、机の上に置かれた写真を眺め廻した。

「男の子たちの水着をじっくり見てごらん」

私が言うと、

「まあ、そんな……」

アキは顔を赤らめて虫眼鏡から眼を離してしまった。

「変な意味じゃないんだよ。水着の隅っこに白い模様があるだろ。それを拡大して見てみるんだよ」

「白い模様？」

アキは虫眼鏡を取り直し、私が指差した場所を見つめた。

「何か……文字みたいね」

「文字と言うより、紋章だね。私も君もよく知っているはずのものだよ」

「ほんと？……うーん、そういえばどこかで見たような……あ！」

アキはいきなり大声をあげると、虫眼鏡を放り出して応接室を飛び出していったが、すぐに布袋を持って戻ってきた。先程まで俊介の身仕度を調えていたとき、家から持ってきたが結局荷物には入れなかった品々を、この袋に詰め込んでおいたのだ。

アキはその布袋を卓の上に引っ張り上げた。そして袋の口を開き、中身を大急ぎで探りはじめた。

「あった！」

アキが袋から取り出したのは、濃紺の男子用水着だった。

そこには写真に写っているのと同じ模様――学校の校章が染め付けられていた。

「これ、俊介君が通ってる学校の校章よね。ということは……」

「目的の人物は、俊介の先輩に当たるわけだ」

私は答えた。

「あの学校の昔のこと——今から十七、八年前のことを知っているひとに話を聞けば、この少年たちの素性が確認できるかもしれない」

「なるほどね。意外とあっけなくわかりそうね」

アキは気の抜けたような顔になった。

「なんだか、逆に張り合いがないくらいだわ」

「そうでもないさ。この件には他にも胡散《うさん》臭いところがあるからね。一筋縄ではいかないかもしれないよ」

「胡散臭いって、あの鈴木道子ってひとのこと？」

「ああ、アキが言ってたように話が曖昧すぎる。たった一枚の写真を頼りに、わざわざこんな遠くまでやってくるというのも解せないしね。それにこちらから連絡することを極端に嫌っている様子なのも、気にかかるな」

「そんなに気に入らないなら、引き受けなきゃいいのに」

「気に入らないとは言っていないよ。むしろ面白そうだと思ってるくらいだ。なんとなくこの話、このままじゃ終わらないような気もする。そんな予感がするんだな」

「探偵の勘ってやつね」

「まあね。しかしあの女性、どうして喪服なんか着ていたんだろう。旦那が亡くなったとか言っていたが、忌中なのかな？」

「そうじゃないと思うわ」

　アキは断言した。

「あれは、偽装よ。野上さんに自分の顔を知られないためのね」

「偽装？」

「あのひと、野上さんに顔をはっきりと見せたくなかったんだと思う。だからベールのついた帽子なんかかぶってたのよ。喪服はあの帽子が不自然に見えないためのいいわけなのよ。絶対に忌中とかじゃないわ」

「どうしてそうはっきり言い切れるんだね？」

「わかるわよ。あの顔を見れば」

「顔と言っても、ほとんど隠れてたじゃないか」

「唇が見えてたじゃない。あれで充分。あの口紅だけでね」

　アキは自信ありげに言った。

「喪服を着てるときには、あんな派手な口紅はつけないものよ。もっと抑えた色にするわ。あのひと、服装には気を遣ったけど、お化粧はいつもどおりにしちゃったみたいね。うまく騙《だま》したつもりでしょうけど、詰めが甘いのよ」

「なるほどねえ……」

　私は感心してしまった。女性ならではの眼のつけかただ。

私の顔を見て、アキはにっこりと笑った。

「どう？　あたしだって捨てたもんじゃないでしょ？」

第二章　調査開始

アキが「紅梅」に戻ってから、仕事に取りかかった。

アキは本心では今回の調査に何かと口を挟みたがっているようだったが、さすがにこれ以上店を放り出しておくわけにはいかないと思ったのか、渋々ながら事務所を出ていったのだった。

まず俊介の母校に電話を入れ、古くから勤めている教員を紹介してもらおうと考えた。しかし電話口に出てきたのは夏休み中の留守番をしている用務員で、私の問い合わせには答えられそうになかった。

そういえば夏休みだったんだな、と受話器を下ろしながら自嘲《じちょう》した。俊介がずっと家にいたのに、ついうっかりそのことを忘れていた自分が何とも迂闊《うかつ》に思えた。

私は次に、中学の校長の家に電話を入れてみた。

しかしここでも、欲しい情報を手に入れることはできなかった。電話に出たのはお手伝いの女性で、校長夫妻は伊豆のほうに静養に出かけていると言った。戻ってくるのは夏休みが終わる前々日とのことだ。

「まいったな」

と、独り言を呟いた。どうも幸先がよろしくない。これは思ったより難航するかもしれない。

私は住所録をめくりながら、ひとり思案した。こうなったら教育委員会に電話を入れてみるか。それとも父兄会の会長に訊《き》くほうがいいだろうか。

あれこれと考えながら住所録を眺めているうちに、ひとりの名前が眼についた。

松永麗子《まつながれいこ》――俊介の担任教師だ。

以前、彼女の家族に絡む事件で、私と俊介が調査をしたことがある。そのときに私は彼女の聡明《そうめい》さと優しさにひどく感心した記憶があった。まだ二十代半ばの若さながら、松永先生には立派に教師としての自覚が備わっていると感じたのだ。

彼女なら、私の問いに答えてくれるかもしれない。

私は時計を見た。午前九時半だった。休み中だからまだ寝ているかもしれない。あるいはどこかに出かけているかもしれない。しかしあれこれと臆測《おくそく》しているだけでは、行動には移せない。私は思いきって彼女の電話番号を廻した。

呼び出し音が四度鳴ってから、受話器のはずれる音がした。

――はい、松永でございます。

若い女性の声だった。

「恐れ入ります。私、狩野俊介の保護者の野上と申しますが」

――あら。

相手の声が変わった。

「松永先生ですか」

――はい、わたしです。どうもご無沙汰《ぶさた》しております。いつぞやは大変お世話になりました。

「こちらこそ、いつも俊介がお世話になっております」

しばらくの間、社交辞令的な言葉が交わされた。私が用件を切り出したのは、その後だった。

――十七、八年前ですか……。

「はい、そのころのことを知っている先生はいらっしゃいませんかね?」

――そうですわね……、最近は学校も若い先生ばかりになってしまって、残念ですけども う古い先生はいらっしゃらないんです。

「そうですか……」

私は落胆を隠せなかった。どうやら思っていたほど事は簡単にはいかないようだ。

「校長先生にお訊きしても、わかりませんかね?」

私は一縷《いちる》の望みをかけて訊いてみた。

——校長先生は、わたしの後からあの学校にいらっしゃったかたですから、わからないと思います。

松永先生の答えは、私の淡い希望を簡単に打ち砕いてくれた。

「まいったな……」

私は思わず弱音を吐いてしまった。

——あの、そんなに重大な問題なのですか。

先生が心配そうな声で訊いてきた。

「あ、いや、それほどのことでもないんですよ。ただ簡単に調べがつくだろうと安易に考えていたものですから。しかし読みが甘かったようです」

——わからないと、お仕事に差し支えるんでしょ？

「まあ、他にも調べる方法はあると思いますが……」

——そうですか。

受話器の向こうが、しばらく沈黙する。

「いや、ご心配にはおよびません。ありがとうございました」

私はこれ以上先生に負担をかけるのに忍びなかったので、話を終えようとした。

——あ、待ってください。

松永先生が、それを遮った。

――今、思い出しました。ひとり、うってつけのかたがいらっしゃいますわ。

「本当ですか」

私は思わず受話器をつかみ直した。

――はい、三年前に退職された先生なのですけど、それまで二十年以上、ずっと中学で教えておられたかたです。あのかたなら、ご存じかもしれません。

「よろしければ、そのかたを紹介していただけませんか。もちろんそのかたにも松永先生にも決してご迷惑はおかけしませんから」

――そうですわね……。

先生は少し考えている様子だったが、

――それでは、まずわたしから先方に連絡いたします。それで了解をいただけたら、野上さんに連絡いたしますわ。それでよろしいかしら？

「もちろん、異論はありません。しかし先生に余計なお手間をかけさせてしまうことになりますね。申しわけありません」

――これくらい、どうということはありませんわ。

松永先生は受話器の向こうで微笑んでいるようだった。

――では、これから電話してみます。今はご自宅ですか。お仕事場からですか。

「事務所のほうからです。昼頃までここにおりますから」

私は事務所の電話番号を告げて、何度も礼を言った後で受話器を下ろした。

悪くない。切れかかった糸が土壇場でつながった。何かが手繰り寄せられるような予感がする。

私は鼻歌でも歌いたくなるような気持ちで、電話を待った。

松永先生からの電話は、かっきり二十分後にかかってきた。

――明日なら、お話を聞かせていただけるそうですが、よろしいでしょうか。

先生は開口一番、そう言った。

「結構ですよ。場所と時間はわかりますか」

――明日の午後一時、大塚先生のお宅に伺います。あ、大塚文子《おおつかふみこ》さんとおっしゃるんです。

「大塚先生ですね。そのお宅はどちらに？」

――わたしが、ご案内しますわ。

松永先生は、意外なことを言った。

「え？　しかしそれは……」

――お邪魔でしょうか。

「そういうことではありません。ただ、そこまで先生にご足労をいただかなくてもと思いまして……」

――わたしのほうはかまいません。今は暇ですから。それに大塚先生にも久しぶりにお会いしたいですし。大塚先生のほうもわたしが一緒にいたほうが、気楽にお話ししてくださると思いますわ。いけませんかしら？

「いや……結構です。お手間でなければ同行願います」

そう答えるしかなかった。

――よかった。

先生の声が急に華やかになった。

十二時半に駅前で待ち合わせることにして、私は電話を切った。

少しばかり予定が違ったが、まあ、悪くない進展だろう。

私は机の上に鈴木道子から預かった写真を置いて、もう一度じっくりと眺めてみた。

少しばかり古ぼけた写真の中のふたりの少年は、妙にぎごちない表情を浮かべながら、こちらを見つめている。このうちのひとりは、すでに亡くなってしまった。そしてもうひとりは……。

私は奇妙な悪寒を感じた。なぜだかわからない。

これはただの居所確認の調査にすぎない。犯罪の影などかけらもない、ただの捜索なのだ、と自分に言い聞かせてみる。それでも不吉な予感は拭《ぬぐ》えなかった。

原因はたぶん、もうひとりの少年から発せられる不思議な雰囲気のせいだ。美しいという形容詞をつけてもいいその顔立ちには、しかし危うげな脆《もろ》さが感じられるのだ。

この子はあまり幸福ではないようだ。少なくともこの写真を撮ったとき、彼は自分を幸福だと思ってはいなかっただろう。そんな気がした。

しばらく写真を見ていると、電話が鳴った。

「はい、石神探偵事務所です」

――やあ、名探偵さん、元気でやってますか。

半ば自棄《やけ》になったような声が、受話器から聞こえてきた。

「なんだ、高森《たかもり》警部か。どうかしたのかね？　機嫌が悪そうだが」

――機嫌が悪い？　俺がですか。冗談じゃない。気分は上々ですよ。世の中のものすべてを蹴《け》り倒して歩きたいくらいの上機嫌なんですから。

捜査一課の「鬼高」こと高森警部は、ことさらに陽気な口調で喋《しゃべ》っていた。どうやらかなり腹の虫の居所が悪いようだ。

――なんなら俺の上機嫌を分け与えてあげましょうか。今夜久しぶりに居酒屋で一杯なんてどうです？　どうせ俊介君もいないんでしょうが。

「おや、どうして知っているんだね？」

私は半ば驚きながら尋ねた。

――うちの武井のやつがね、「紅梅」のお嬢さんに聞いたそうですよ。仕度にてんやわんやの大騒ぎだったそうじゃないですか。

「漏洩《ろうえい》源はアキかあ。しょうがないな……」

私は呟いてから、

「おっしゃるとおり、今日から四日間は独り者さ。今のご招待、よろこんで受けるよ。ただどんな厄介な事件に突き当たっているのか知らないが、私を巻き込まないでくれよ」

私の申し出を、警部は鼻で笑った。

――何も野上さんにお出まし願おうなんて考えちゃいませんよ。そんな上等な件じゃないんでね。とにかく、いつもの店に午後六時ってことにしましょう。例によって俺のほうが遅れるかもしれませんが、そのときはひとりで勝手にやっててください。

「了解だ。じゃあ六時に」

私は苦笑しながら受話器を下ろした。

高森警部は署内きっての辣腕家《らつわんか》として知られていたし、部下の信任もすこぶる厚い。ただ口の悪さだけは如何《いかん》ともしがたいところで、知らない人間が聞いたらなんと傲慢《ごうまん》な奴だろうと思われかねない言葉を平気で撒《ま》き散らすところがある。そこが珠《たま》に瑕《きず》だろうか。

だが私のように長いつきあいがあると、その暴言の裏にあるものくらいはすぐにわかってしまうのだった。今回の誘いは、恐らく溜《た》まった鬱憤《うっぷん》を晴らすための息抜きという意味合いがあるのだろう。私は素直にその申し出を受けることにした。

その後、事務所はすこぶる暇だった。今日はすでにひとり依頼者があったので、これ以上仕事が増える気遣いはなかった。私の経験では一日に二件以上の依頼があるなどということは、五年に一度あるかないかだった。

そして今日引き受けた調査の進展は、明日の大塚先生との会見次第だった。つまりそれまで、することがないというわけだ。

私は警部との待ち合わせまでの時間を、石神法全《ほうぜん》への手紙を書くことで費やした。この夏は玄武塔での一件を初めとして、結構様々な事件が起きていた。私はそれを手紙に纏《まと》めて、その都度石神法全に報告していたのだった。

輝美堂という店で起きた奇妙な宝石盗難事件についての顛末《てんまつ》を書き終えて、便箋《びんせん》を封筒に入れたのが午後五時四十分だった。ちょうどいい頃合いだ。私は事務所を閉めて手紙を投函しがてら目的の居酒屋に向かった。

高森警部馴染《なじ》みの居酒屋は、大通りから一本脇に入った路地の隅にあった。赤い提燈《ちょうちん》が焼き鳥の煙で燻《いぶ》されて黒っぽくなっているような、ありきたりの店だった。

中に入ると、すでに半分ほど席は埋まっている。やはり警部はまだ来ていなかった。

私は空いている席に座り、麦酒《ビール》を注文した。ここ一時間ほど我慢して水分を摂らないようにしてきたので、最初の一杯は全身に染み入るようにうまかった。

つまみに出された枝豆を口に放り込みながら、周囲の客達の様子を見るともなく見ていた。ほとんどが仕事帰りの勤め人らしく、ネクタイを解いて汗を拭《ふ》きながら麦酒を飲み干している。下着一枚になって飲んでいる職人らしい雰囲気の老人もいた。

冷房などという気の利いたものは、この居酒屋にはなかった。開けっ放しの窓から入ってくる、まだ夕刻というには明るすぎる外の風が、唯一の慰めだ。

この時期なら屋外で、あるいは冷房の効いた部屋の中で飲める店が他にいくらもあるのに、彼らはこの店に来ている。値段が安いということもあるだろうが、こうした店でなくては味わえない、一種独特の雰囲気を楽しみに来ているのだろう。あるいは洒落《しゃれ》た店など肌に合わないと思っているのかもしれない。

いかにも高森警部の好みそうな店だ、とあらためて思った。

その警部が姿を現わしたのは、私が一本目の麦酒を空けようかとしている頃だった。

「やや、もう一本やっちまったんですか。しようがねえなあ」

警部は私の向かいにどっかと座ると、額の汗を拭った。

「どうせ遅くなるだろうと思ってね、待たずにやらせてもらってるよ」

私は席と席の間を忙しく行き来しているお婆さんに、麦酒の追加と串揚《くしあ》げを注文した。

ここの串揚げは安くて大きい。味は、揚げたてなら問題はない。

「忙しそうだね」

私が言うと、警部は下唇を突き出すようにして不機嫌な表情を作った。

「忙しい？　忙しいって何です？　俺はこの仕事を始めてから、ずっとこの状態なんでね。だから自分が忙しい身なのかどうか、よくわからんのですよ。一ヶ月くらい仕事もせずにぼーっとしてたら、ああ、あの頃は忙しかったんだな、と思えるようになるかもしれんですがね」

「鬼高が一ヶ月も仕事をしないでいられるかね？」

私が揶揄《やゆ》してやると、

「いられますよ、一ヶ月だって一年だって。墓の下に入っちまえばね」

警部は平然とそう言って、運ばれてきた麦酒を私のコップに注いだ。

私が瓶を受け取り、彼のコップに麦酒を注ぐ。

「乾杯しよう、救いがたき仕事の虫に」

「それよりも、嫌味な探偵さんに乾杯しましょうや」

警部は私のコップに自分のコップを触れさせると、一気に飲み干して、深い息をついた。

「ふう……、やっと人間らしい気持ちになってきたな」

その言葉がやけに切実に聞こえた。

「よほど悲惨な目に遭ってきたとみえるね」

「悲惨どころか、凄惨《せいさん》無惨にご苦労さんってなところですよ」

警部は自分のコップに麦酒を注ぎながら、

「でもいいんです。もう終わっちまったんだから」

「終わった？　解決したのかね？」

「解決も何も、最初から事件なんてなかったんですよ」

　警部はもう一杯、麦酒をひと飲みしてから、

「ある大層なお屋敷の娘さんがね、父親が殺されそうになったと大騒ぎしながら警察に連絡してきたんです。なんでもその父親が家の庭を散歩しているときに、二階の露台に置いてあった鉢植えが頭の上に落ちてきたんだそうで。幸い鉢植えは逸れて落ちたんで、怪我はなかったんですがね。ところがその娘さんは、これはれっきとした殺人未遂だから犯人をしょっぴいてくれと言ってきかないんですよ。本当なら只事《ただごと》じゃないってんで池田と武井を向かわせたんですが、どうにも話がややこしくてね」

「ややこしいと言うと？」

「娘さんが犯人だと名指ししているのは、父親のお妾《めかけ》さんなんですよ。女房はとうの昔に亡くなってずっと独り身でいたのが、最近になって娘と同じくらいの年頃の女を家に引き入れてしまったんだそうで。娘さんの言うとおりなら、そのお妾さんが父親の遺産欲しさに鉢植えを落として殺そうとしたってわけなんですがね。しかし当の父親に会って話を訊いてみると、そんなことは絶対にあり得ない、あれはただの事故だと言う。それが証拠に自分が死んでも妾には一銭の金も入らないばかりか、行き場がなくなって路頭に迷うだけ

だ。つまり、お妾さんには動機がないって言うんですな。それでも奴らは一応現場の露台を調べてみたんですが、鉢植えが何かの拍子に偶然落っこちたのか、それとも誰かが故意に落としたのか、どちらとも断定できないってことでした。まあ、当然でしょうな」

警部はそこまで喋ると、麦酒をまた一気飲みして、

「……で、もう一度娘さんのほうに話を訊いてみるってえと、そんなわけはない、遺産を目当てにでもしないかぎり、あんな女が父親と一緒にいるわけがない。きっと何か企んでいるに違いないんだから、警察で取り締まってくれ、なんて言うんですよ。取り締まれって言われても実際に事件が起きたのかどうかもはっきりしない上に、そんなわけのわからない理由で告発されても、警察としては動きようがないでしょうが。とりあえず池田が娘さんをなだめて、ほうほうの体《てい》で帰ってきたんですが、今度はあちらの方からお達しがきましてね」

と、警部は天井を指差した。警察の上層部、という意味だろう。

「この件は事件ではないので、これ以上の捜査には及ばん、というわけです。どうやら父親のほうが手を廻したらしいですな」

「つまり、それだけの権力を持った人物、ということだね？」

「ええ、俺の一番嫌いな筋書きですよ」

警部はしかめ面で、串揚げをくわえた。

「わざわざ妨害が入ったということは、警察にあれこれ探られたくない裏があるとも勘繰ることができるね」

　私が言うと、

「まあ、そうですな。だが確証がない。もし少しでも臭いと思うようなことがあるのなら、上が何と言ったたって調べてみますがね。今のところ起きたのは、鉢植えが下に落っこちて割れたことだけなんだから」

　たしかに鬼高と言えど、それくらいのことでは動けないだろう。

「こういうことがあると無性に腹が立つんですよ。どこに向かって文句を言えばいいのかわからん」

　高森警部の怒りは、上から圧力が加えられたことによる不満もさることながら、その件が事故なのか事件なのかを自分でも判断できかねていることによる鬱屈が溜まっているせいもあるようだった。

　私は空っぽになっている彼のコップに麦酒を注いだ。

「その件は一時棚上げしておいたほうがいいね。もし何かの陰謀があるのだとしたら、きっと動きがあるはずだ。今のところは、その動きを待つしかあるまい」

「俺もそう思ってますよ。だから早めに仕事を切り上げて、こうやって一杯飲んでるわけでね」

警部は今度はゆっくりと麦酒を飲んだ。

「いや、すいませんね。愚痴を聞かせちまって」

「かまわんさ。そのうち私の愚痴を聞いてもらうこともあるだろうから」

私たちはそれから何本も麦酒を空け、いくつもの皿を空にした。警部は言いたいことを言って気が済んだのか、それ以降は仕事の話をせずに家族のことや部下のことなどを話しつづけた。私はもっぱら聞き手に廻っていた。

「ところで野上さん、いつまで独り身でいるつもりなんです？」

警部が突然話題を変えた。

「え？　なんだって？」

「いつまで男やもめを続けるつもりなんだって訊いてるんですよ。いいかげん身を固めたらどうです？」

「いや、私は……」

突然の追及に、私はうろたえてしまった。

「それとも、亡くなった奥さんのことが、まだ気になってるんですか」

「……そういう問題では、ないよ。ただ、私もいい歳だからね。いまさらそんな気にもなれないのさ」

「またまた。まだ老け込むような年齢でもないでしょうが。全然そんな気にならないってともないでしょう」

　警部は意地悪く突っ込んでくる。

「ほら、あの『紅梅』って店の女の子、なんて言ったかな……あの子なんかどうです？　野上さんに結構なついてるっていう話じゃないですか」

「冗談じゃないよ」

　私は手を振った。

「アキは二十歳そこそこなんだよ。私とは年齢が離れすぎているじゃないか」

「二十や三十離れてたって、関係はないですよ。本人同士のことなんだから。で、どうなんです？」

　警部は身を乗り出してくる。

「妙にしつこく絡んでくるね。何か魂胆があるのかな？」

「そんなもの、ありませんよ。ただ俺は野上さんの気持ちが知りたくてね」

「本当かね？」

「本当ですよ。ほんと」

　私は警部の眼を見つめた。酔いがまわって赤くなった顔は、しかし笑ってはいないようだった。

　私は残っていた麦酒を飲み干すと、宣言した。

「私はもう、二度と結婚するつもりはない。二度とね」

「それは、俊介君のせいですかな?」

「そうじゃないよ。俊介のことを考えるなら、むしろ母親代わりの人間が誰かいたほうがいいだろう。私だけでは行き届かないところもあるからね。純粋にこれは、私自身の気持ちだ」

警部は私をじっと見ていたが、やがてふっと息をついて、

「わかりました。このことはもう、言わないことにしましょうか。せっかく野上さんを女房持ちにして、苦労を分かち合いたいと思ったんだけどねえ」

「そんなに苦労してるのかな?」

「してますよ。連続殺人犯を相手にしてたほうがまだ楽だと思うくらいにね。犯人は捕まえちまえばそれで終わりだが、女房ってのは一生つきまとってくるから始末が悪いんですよ」

本当は家族思いなのに、警部はことさら自分の家族のことは悪く言う。それがわかってるだけに彼の言葉は微笑ましかった。

それからしばらく飲みつづけ、警部と別れて家に戻ったのは午後十時を廻ってからだった。

当然のように我が家は真っ暗だった。玄関の扉を開けると、むっとする熱気が籠《こも》ってい

た。

少し不思議な気分だった。いつもなら私の帰宅が遅くなることがあっても、たいてい家には明かりが灯っていて、俊介がジャンヌと一緒に私が帰るのを待っていたのだ。いつもと言っても、それは彼がやってきた数ヶ月前からのことにすぎないのだが、そして彼がやってくるまでは、当然のようにこんな夜ばかりが続いていたのだが、いつの間にか私は、たった独りで暮らしていたときのことを忘れかけていたのだった。

私は自分の寝室に行くと、服を脱いで箪笥《たんす》に掛けた。部屋着に替えて出ようとしたとき、小さな額に入れて机の上に置いた写真が眼にとまった。

私はその写真を取り上げた。私と、妻の写真だった。

妻は屈託なく笑っていた。私は照れているのかまぶしいのか、眼を細めて視線を泳がしていた。

この写真を撮ったときから今までの間のどこかで、私は私の心が死んでしまったことを知っていた。

「そう言えば、明明後日《しあさって》だな」

私は呟いた。

第三章　幻の夫人

松永先生が息せき切って駅前に姿を見せたのは、十二時三十五分すぎだった。

「遅くなってしまってすみません。電車に乗り遅れてしまって。お待ちになりました?」

「いえ、私も約束の時間より少し遅れてきましたからね。一分も待っていませんよ」

「よかった」

松永先生は、ほっとしたように笑みを洩らした。白い半袖《そで》の上着に水色のスカート姿だった。顎《あご》のあたりで切りそろえた髪が、涼しげに揺れている。

「大塚先生のお宅は、ここから遠いんですか」

「電車ですと、ふたつ乗り継いで行けば時間どおりに着きますわ。タクシーを使えばもっと楽でしょうけど」

「じゃあ、私の車で行きましょう」

私は駐車場に停めた車に、先生を案内した。

「ひとつだけ、お願いしておきたいことがあるんですが」

助手席に乗り込んだ松永先生に、私は言った。

「今回、私はあるひとの依頼で仕事をしています。探偵は依頼内容を無闇に他人に口外することはできません。守秘義務というやつです。ですから……」

「心得ていますわ」

先生は言った。

「肝心のお話になったら、わたしは席を外しますからご安心ください」

「ありがとうございます」

私は礼を言ってから、車を発進させた。

先生の道案内は適切だった。私はほとんど迷うことなく、大塚先生の家まで辿《たど》りつくことができた。

そこは街中から少し離れた、松林に隣接する住宅地だった。最近開拓されたものなのか、どの家も真新しい。

しかし大塚先生のお宅だけは、かなり年季の入った木造家屋だった。生垣越しに見える庭には粗末な小屋があって、鶏の喧《やかま》しい声が聞こえてくる。

私は車を停めて腕時計を見た。約束の時間より十五分も早く着いてしまったようだ。

「ちょっと、早すぎたみたいですね」

松永先生も自分の時計を見て言った。

「そのようです。このまますぐに押しかけたんでは先方も都合が悪いかもしれませんね。少しぶらぶらして時間を潰《つぶ》しましょうか」

「そうですわね」

私たちは車を降り、住宅地の中を散策することにした。と言っても、できたばかりの民家を見物しながら歩いても、さして面白いわけではない。私はなんとなく気まずいものを感じながら、黙って歩いていた。

「今日は……」

不意に松永先生が言った。

「今日は、狩野君は一緒じゃなかったんですね」

「俊介は、美樹ちゃんや久野君と、泊まりがけで山に行ってるんですよ」

「まあ……」

先生はびっくりしたような表情になって、その後すぐに笑みをこぼした。

「ごめんなさい。わたし、てっきり夏休みの宿題をするために家に籠ってるんだとばかり思ってましたわ」

「宿題のほうは全部済ませましたよ。私との約束で、山に行くまでに終わらせたんです」

「あら、感心ですわね。わたしなんて、最後の最後まで宿題残してて、始業式の前日まで泣きながらやってましたのに」

そう言ってから、彼女はあわてて口を押さえた。

「教師がこんなこと、言ってはいけませんでしたわね」

「私も同じようなもんですよ。いや、もっとひどいかな。宿題提出が始業式の翌日だったんで、始業式から帰ってからも必死になってやってましたからね」

「まあまあ……」

松永先生は、おかしくてたまらないといった表情を見せた。

「野上さんも、普通の男の子だったんですね」

「普通より、ちょっと出来が悪かったかもしれませんね」

私は肩をすくめてみせた。

それきり会話が途切れた。ふたたび気詰まりな沈黙がふたりの間に横たわった。

「ときに、お父様のご様子は、いかがですか」

こんなことを訊くべきではなかったかもしれないが、私はあえて尋ねた。彼女の父親が重い病に臥《ふ》せっていることは知っていたし、知っている以上尋ねないのも不自然かと思ったのだ。

「はい、ここのところは容体がいいようです。でも、ああいう病気ですから、いつ何時どうなるかわかりません。わたしも兄も、一応の覚悟はしておりますの」

「そうですか……」

やはり訊くのではなかった、と後悔の臍《ほぞ》を嚙《か》みながら、

「で、お兄さんとお父様は」

「はい、なんとか打ち解けてくれました。それだけが救いです」

「そうですか。それはよかった」

そしてまた、会話が途切れた。どうもいけない。アキと憎まれ口を叩き合うのならともかく、こういう女性との会話は苦手だ。

私は時計を見た。一時五分前だった。

「そろそろ、お伺いしましょうか」

「そう、ですわね」

先生もぎごちなさを感じていたのか、ほっとしたように頷いた。

生垣の真ん中にある門をくぐり、玄関の前で声をかけると、からからと音がして引き戸が開き、小柄な老婦人が姿を見せた。

「大塚先生、ご無沙汰しております」

松永先生が頭を下げると、相手の女性は皺《しわ》の多い顔を笑みで緩ませて、

「いらっしゃい。よく来てくれたわね。そちらの男性が、話を訊きたいとおっしゃっているかたかしら？」

と、私のほうに視線を移した。

「はい、石神探偵事務所の野上と申します」

「わざわざお越しいただきましてどうも。大塚文子と申します。さ、立ち話もなんですから、中へどうぞ」

大塚先生に案内されて、私たちは家の中に通された。十畳ほどの畳の間に卓袱台《ちゃぶだい》と座蒲《ざぶ》団《とん》が置かれただけの、質素な部屋だった。

「ちょっと待っててくださいね。今、冷たいものを持ってくるから」

そう言って大塚先生は席を外した。

その部屋は庭に面していた。障子を開け放してあるので、外の涼やかな風が入ってくる。風鈴の音、鶏の声、そして蟬時雨《せみしぐれ》。このまま畳に寝転がって昼寝でもしたくなるような雰囲気だった。

「ごめんなさいね。こんなものしかなくて」

戻ってきた大塚先生は冷えた麦茶と水羊羹《ようかん》を持ってきた。

「恐れ入ります」

私は礼を言うと、持ってきた菓子折りを差し出した。

「つまらないものですが、お受け取りください」

「あらまあ、そんなお気遣いなんかなさらなくても……」

「いえ、突然お邪魔させていただいたのですから」

私がそう言うと、大塚先生はにっこりと笑って、

「そうですか。それでは、いただいておきますわね。ありがとうございます」

「あの、わたしも……」

松永先生がそそくさと風呂敷包みを解いた。

「大塚先生のお好きだった松屋の饅頭《まんじゅう》を買ってきましたの」

「まあまあ、ほんとに？」

大塚先生は子供のようにはしゃいで、松永先生の差し出した箱を受け取った。

「わたしの好みを覚えててくださったのね。うれしいわ」

「先生が学校にいらっしゃった頃、よくご相伴にあずかりましたもの。覚えさせていただきましたわ」

「そんなことも、あったかしらね」

大塚先生は楽しそうだった。それからしばらくは、ふたりの間で学校の話が続いた。大塚先生がいた頃の学校のこと、辞めてからのこと、そして今の学校のことが次々と、とめどもなく話された。

私はそんなふたりの会話を黙って聞いていた。大塚先生はとうに還暦をすぎているように見えたが、その仕種は若い女性とたいして変わらなかった。しかしそれが奇異な印象を与えることはなかった。年上の、しかも教職に勤めていたひとのことをこう形容するのは

失礼かもしれないが、大塚先生はその歳になっても、かわいいと思わせる女性だったのだ。

ひととおり話し合い笑い合った後、大塚先生は私に眼を移して、

「ごめんなさいね。あんまり久しぶりだったものですから、つい学校の話ばかりしてしまって。お退屈様でしたわね」

「いえ、とんでもありません」

充分面白いですよと言いかけて、自重した。他人の話を聞いて楽しんでいると臆面《おくめん》もなく言う人間は、信用されないだろうと思ったからだ。

「野上さん、でしたわね。あなた、孤児の男の子を引き取っていらっしゃるとか。とても賢いお子さんですってね」

「ええ、まあ……」

「狩野君は、とても聡明な生徒ですわ。それに素直ですし」

松永先生が言葉を添える。

「ご立派ですわ。実の子供でもうまく育てられない親御さんが多いご時勢ですのに」

「いえ、いつも至らないところが多くて、不甲斐《ふがい》ないと反省することばかりでして。それに俊介が聡明で素直なのは、彼自身がそういう人柄だからで、私が教えたものではありませんから」

「でも、そういう狩野君のいいところを伸ばしてあげられるのは、やはり素晴らしいこと

だと思いますわ」

松永先生はなおも言葉を続けた。誉め言葉ばかりで背中がむずがゆくなってきた。

「ありがとうございます……それでですね、今日こちらに伺ったのは……」

「ああ、そうでしたわね。何か、お訊きになりたいことがおありになるとか」

「そうなんです。よろしいでしょうか」

「はい、結構ですとも」

大塚先生は頷いた。

「わたしにできることでしたら、何でも協力させていただきます」

「ありがとうございます」

私は礼を言った。

「じゃあ、わたし、ちょっとお庭を拝見させていただきますわね」

松永先生はそう言って、さり気なく部屋を出ていった。

私はその後ろ姿を見届けてから、あらためて大塚先生に向かい合った。

「じつは今日お伺いしましたのは、十七、八年ほど昔、あの中学に在学していたと思われる人物を捜したいからなのです」

「まあ、ずいぶんと昔のお話なのね。それで、どんなひとなんですの？」

私は鈴木道子から借りた写真を取り出すと、大塚先生の前に差し出した。

先生は銀縁の眼鏡をかけると、その写真を取り上げてじっと見つめた。

「この子たちがあの学校の生徒ということは、間違いないんですのね？」

「はい、彼らが身に着けている水着に校章が入ってますから」

「あら、そうなの？　すっかり眼が悪くなってしまって、よくわからないけど……」

大塚先生は矯《た》めつ眇《すが》めつといった様子で写真を眺めまわしていたが、よく思い出せないようだった。

「こちらの左側にいるひとの名前はわかっているんです。鈴木政秀という名前だそうで」

「すずき、まさひで……」

大塚先生は宙を見上げて、その名前を反芻《はんすう》した。

「……ああ、思い出したわ。鈴木政秀君。昔わたしの担任した組にいた子ですわ。でもこのひと、残念だけど亡くなったはずよ」

「それは存じております」

「あら、そうなの。だけどかわいそうなことですわね。まだ三十歳前だったのに、交通事故なんかで亡くなるなんて。わたしもお葬式に行きましたけど、お母様がかわいそうでなりませんでしたわ。せめて、お嫁さんを貰《もら》ってお孫さんでもいらしたら、少しはよかったかもしれませんわねえ」

「は？」

私は思わず聞き返した。

「あの、鈴木政秀さんの奥さんは……」

「独身だったんですの、あのひと」

大塚先生は痛ましそうな表情で言った。

「もっとも、奥さんがいらしたら、それはそれでご苦労があったかもしれませんけどねえ……」

「ちょっと、待ってください」

私はいささか混乱していた。

「何か、勘違いがあるような気がするんですが。鈴木政秀さんが独身ですって?」

「ええ、間違いありませんわ。わたし、お母さんに直接お話を聞きましたから。それが、何か?」

「そんな、馬鹿な……」

私は頭の中に奇妙な歪《ゆが》みが生じたような、そんな気持ちに襲われていた。

「じゃあ、私に依頼してきたあの女性は、一体……」

「は?」

「あ、いえ、何でもありません」

私は何とか言葉を取り繕った。

「先生、申しわけありませんが、その鈴木政秀さんのお母さんの住んでいらっしゃる所を教えていただけませんか」

　大塚先生は私のうろたえぶりを、不思議そうな表情で見ていたが、

「ちょっと待ってくださいね。たしかお礼状をいただいたはずですから」

と言って、部屋を出ていった。

　ひとりになった私は、卓袱台の上に置かれた写真を手許に引き寄せた。今まで謎とされていたのは右側の少年だけで、鈴木政秀のことは考慮に入れてはいなかった。だが今は、そちらのほうが大きな謎になってしまったようだ。ひどく奇妙で、不快な気分だった。

「ありましたわ」

　大塚先生が葉書を持って戻ってきた。私はその葉書に書かれた名前と住所を書き留めた。政秀の母親は鈴木峰《みね》と言い、街の外れに住んでいた。

「何か、困ったことになりましたの？」

　先生が尋ねてきた。

「いえ、そういうわけではないんですが……どうやら少し勘違いしていたことがあったようです。もう一度確認してみれば、誤解は解けると思いますがね」

　私は適当に答えておいた。しかし本心では誤解などではないとわかっていた。

　鈴木道子と名乗った女性は、嘘《うそ》をついているのだ。

「ところで大塚先生、写真に写っているもうひとりの少年なんですが」

私はもう一度写真を先生のほうに差し出して、

「どこの誰だか、ご記憶はありませんか」

「そうですわねえ、鈴木さんと同級でしょうから、覚えはあると思うんですけど……」

大塚先生は写真に顔を近づけ、舐《な》めるように見つめていた。

その動きが、不意にとまった。

先生の表情が、強ばったように見えた。

「思い出されましたか」

私が訊くと、

「いえ」

先生の声は硬かった。

「申しわけありませんけど、記憶にありませんわ」

「本当ですか」

「はい」

先生は写真を私のほうに押し遣《や》った。何とか平静を保とうと努力しているのが、傍《はた》から見てもわかるほどだった。

「先生、あの……」

私が言いかけるのを、大塚先生は遮るようにして、

「すみませんけど、そろそろ畑仕事をしなければなりませんの。せっかく来ていただいたのにあまりお役に立てませんで申しわけありませんでした」

もう終わりにしてくれ、という意思表示だった。

「……いいえ、参考になりました。どうも、ありがとうございました」

私は礼を言って立ち上がるしかなかった。

先生は身許不明の人物について、明らかに何か知っているようだった。私はそのことを突っ込んで訊いてみたかった。しかし今の先生の態度では、それはかなり困難だろう。それに私自身、この事態にどう対処していいのかわからないでいた。だから今はあまり先生を刺激しないほうがいいだろう、と判断したのだった。

話が終わったと察したのか、庭にいた松永先生がやってきた。

彼女は私たちの表情を見て、かすかに戸惑っているようだった。

「それでは、失礼します」

「なんのおかまいもいたしませんで」

最初に顔を合わせたときとは打って変わってぎくしゃくした挨拶《あいさつ》を交わし、私は大塚先生の家を辞去した。松永先生には何がなんだかよくわからないようだった。

「どうかされたんですか」

車に乗り込んだとたん、先生が訊いてきた。

「それが、よくわからないんですよ」

私は正直に言った。

「尋ね人の写真を見ているときに、急に大塚先生の態度が変わってしまいましてね。どうやら……」

「どうやら?」

「思い出したくないことを、思い出させてしまったようです」

「それは、どういう……?」

「わかりません」

私は首を振った。

「詳しく訊いてみたいとは思ったんですが、先生のお気持ちを傷つけるようなことになるといけないんで、それは自重しました」

「それでよろしいんですの? わからないままで」

「よくはないかもしれません。しかし今の段階でそのことを詳しく知る必要があるのかどうか、私には判断できないんですよ。必要もないのに、ひとの心にずかずかと踏み込むような真似は、したくありませんからね」

「そうなんですか……」

松永先生は感心したような口調で、

「わたし、誤解してましたわ」

「何をです？」

「探偵というお仕事を。もっと強引にされるのかと思ってました」

「やらなければならないときは、やりますよ。ひとが隠したいと思っていることでも、調べあげて白日の下《もと》に晒《さら》します。それが仕事ですからね。ただそれだけに、ひとの心や秘密については、慎重にならざるを得ません。不必要に秘密を暴くことは、探偵にとって最も慎むべきものです」

「そう、そうなんですのね」

松永先生は何度も頷いていた。

私は自分が偉そうなことを言ったときに、必ず感じるむずがゆさを堪えながら、

「さて、いろいろとお世話をおかけしました。お宅までお送りしましょう」

と、車を発進させた。

「野上さん……」

走っている最中に、松永先生が言葉をかけてきた。

「野上さんは、奥様を亡くされているのでしたわね？」

「はあ、もうかなり前のことですが」

「もう一度、奥様をお貰いになる気持ちは、ありませんの？」

「いや……」

私は何と言って答えたらいいのか、わからなかった。昨日の高森警部といい、どうも私の身辺にはこの話題を取り沙汰するのが流行《はや》っているとしか思えなかった。

松永先生は私のほうを、じっと見ていた。答えを待っているようだ。

私は、肩をすくめてみせた。

「私は……もうこんな歳です。それに仕事も仕事ですし、あまりそういうことは考えてませんね」

不自然に聞こえないよう意識しながら、答えた。松永先生はそんな私を見つめたまま、

「野上さんのようなかたなら、きっといいひとが見つかると思いますのに。それに狩野君のことも考えると……」

「それを言われると、辛いですね」

私は頭を掻《か》いた。

「しかし私と俊介は、親子というよりは共同生活者、友人みたいなものですから。ふたりしてなんとか頑張っていくつもりです」

「そうですか……それも、いいかもしれませんわね」

松永先生は、少しだけ寂しそうな笑みを浮かべた。

「なんとなく、野上さんと狩野君が羨《うらや》ましく思いますわ」

「羨ましい、ですか」

　意外な言葉だった。

「ええ、男同士の絆《きずな》って、女には立ち入ることができませんものね。そういうのって、憧《あこが》れます」

　松永先生はそう言って笑った。

「なんだか、除け者にされたみたいで、悔しくもあるけど」

「はあ……」

　私はやはり、何と言って答えたらいいのか、わからないままだった。

第四章　古い写真帳の中に

松永先生を降ろしてから「紅梅」に向かった。すぐにも鈴木政秀の母親に会いたいと思ったのだが、その前に一度、自分の頭の中を整理しておきたかったのだ。

ちょうど客が少なくなる時間帯だったので、店内はいたって静かだった。しかし私が店に入っても、アキはいつものように声をかけてこなかった。私が椅子に腰を降ろしても、突慳貪《つっけんどん》な態度で水のコップを置くだけで、ぷいと横を向いたまま行ってしまった。何かに怒っているようだった。

私は店の奥にいる店長に視線を向けてみた。店長はアキのほうをちらりと見てから、わけがわからないといった様子で首を傾げるだけだった。

やがて珈琲《コーヒー》が運ばれてくる。今度もアキはむっつりと黙り込んだまま、割れそうな勢いでカップを卓に置くと、さっさと行ってしまった。

私は半ば当惑しながら自分の手帳を開いて、先程仕入れた情報を整理しはじめた。

鈴木政秀が本当に独身のまま死んだのだとすれば、あの鈴木道子なる女性は一体何者なのか。どうして妻と偽ったのか。そして政秀と一緒に写っている人物をなぜ捜そうとしているのか。疑問はいくつも湧《わ》き出してくる。それに対する答えは、今の段階では見つからない。まずは……。

アキがことさら大きな足音を立てて、私の前を通りすぎた。おかげで私の考えは中断してしまう。アキは店の入口あたりまで行くと、またすぐに戻ってきた。今度も床を踏み抜かんばかりに力を入れて歩いている。そんなことを二度三度続けられたので、さすがに我慢できなくなった。

「アキ、一体どうしたんだ？　何を怒ってるんだね？」

アキは立ち止まり、きっ、と私を睨《にら》みつけた。

「怒ってる？　あたしが？　どうして怒らなきゃいけないのよ」

「そんなことは、わからんよ。だが今の君の様子を見ているかぎりでは、どうも虫の居所が悪いとしか思えんのだがね。何に腹を立てているのか知らないが、もう少し静かにしてくれないか。気が散っていけない」

「気が散るですって!?」

アキは私の向かいに腰を降ろした。

「ほんとに気が散っちゃ困るようなこと、考えてるのかしら。野上さんの頭の中、別のことでいっぱいなんじゃないの」

「一体、何の話をしているんだ？」

「とぼけないでよ。真っ昼間から女のひとといちゃいちゃしてたくせに」

「は？」

私は何を言われているのか、よくわからなかった。

「ごまかしたって駄目。ちゃんと見てたんだから」

アキはますます表情をきつくした。

「今日のお昼、駅前で。これだけ言ってもまだ白を切るつもり？」

そのときになってやっと、私はアキが何のことを言っているのか気がついた。そして思わず笑ってしまった。

「笑ってごまかそうったって駄目よ！」

アキは怒っている。

「いや、ごまかすつもりなんかないよ。ただちょっと……」

私は笑いを嚙《か》み殺すのに苦労していた。

「そう言えばアキは、あのひとと会ったことがなかったんだな」

「あのひとって、誰よ？」

「松永先生だよ、俊介の担任の」

「へ？」

アキは一転して、きょとんとした顔つきになった。

「俊介君の、先生？……あのひとがそうなの？」

「ああ」

「でも……でもどうして、一緒にいたのよ？」

「昨日事務所にやってきた例の婦人からの依頼の件で、松永先生に学校の古い時代のことを知っているひとを紹介してもらったのさ。駅前で待ち合わせて、そのひとの所に行ってきたところなんだよ」

「なあんだ……」

アキは気が抜けたように肩を落とした。

「あたし、てっきり……」

「てっきり、何かね？」

「……ううん、なんでもない」

アキは顔をいくらか赤くして、首を振った。

「だけど野上さん、先生とすごく仲がよかったみたいに見えたわ」

「先生と仲違いしていては、かえって都合が悪いと思うがね」

「そりゃそうだけど……あーもう、いいわ。この話、やめましょ」

勝手に勘違いしていたくせに、アキはひとりで話を終わらせようとした。私もあえて、それ以上問題を蒸し返すつもりはなかった。

「それで、何かわかったの？」

「わかったというより、わからなくなったと言ったほうが正しいかな」

「どういうこと、それ？」

私は大塚先生との会見の内容を、アキにかいつまんで話した。鈴木政秀に妻はいなかったという先生の話をすると、アキは眼を丸くした。

「それ、どういうこと？　野上さんに仕事を依頼してきたひとは、奥さんじゃないってわけ？」

「大塚先生の言葉を信じるなら、そういうことになるね。これから鈴木政秀の母親のところに行って、確認してくるつもりだが」

「だけど、ほんとにわからなくなってきちゃったわね。あの依頼人、最初から怪しいとは思ってたけど……」

アキは腕組みをしながら、

「野上さん、この仕事まだ続けるつもり？　なんだかあたし……」

「恐くなってきたのかな？」

「恐いってほどじゃないの。ただ、なんとなくいやな予感がするのよね」

「私もそんな気がしないでもない。だが取りやめるにせよ、一応納得できるところまでやっておきたい。このままじゃ胸のつかえが取れないような気分でね」

「そう、野上さんがそういうなら、しかたないわね。でも、気をつけてね」

「ありがとう。まあ、それほど心配することでもないだろうさ、たぶんね」

私はアキをなだめるように言った。

内心では、そんなに簡単ではないだろうと思っていたのだが。

そのとき、店の扉が開いて体格のいい若い男が入ってきた。

「いらっしゃいませ」

アキが元気な声で言うと、その男はいささかどぎまぎした様子で、

「あ、ども……」

と小さく頭を下げると、隅の席に腰かけた。

「おや」

私は思わず声をあげた。

「武井君じゃないか」

「あ、野上さん……」

相手も私に気づいたようだった。大急ぎで椅子から立ち上がって頭を下げる。

高森警部の部下の武井刑事は、捜査一課の中でも一番の若手である。体つきからわかるとおり結構な力持ちで、三人のちんぴらを相手にして立ち回りを演じ、そのうちふたりの

肋骨《ろっこつ》を折ってしまったという武勇伝の持ち主だった。ただ性格のほうは体に似合わず少々気弱で粗忽《そこつ》なところがあり、そのせいもあっていつも警部から怒鳴られてばかりいた。

「君もこの店に出入りしているのかね？」

「え、ええ……」

武井はこっそり喫煙しているところを教師に見つかった学生のように、居心地悪そうな様子だった。

「武井さん、最近よく来てくれるのよ」

アキが水のコップを武井の卓に置きながら言った。

「なるほど、それで俊介が出かけているという情報が、高森警部に筒抜けになったというわけか」

私が言うと、アキはぷっ、と頬《ほお》を膨らませて、

「なによ、まるであたしが告げ口したみたいな言いかたじゃないの」

「いやいや、そんなつもりはなくてね……」

私が言いわけしようとすると、

「あれは、僕が悪いんです。芙蓉《ふよう》さんにちょっと話を聞いたものだから……」

武井が弁解するように言った。

「だから芙蓉さんを責めないでください」

「……別に、責めてなんかいないさ」

私は武井刑事が妙に真剣な表情で言うので、少々驚いてしまった。

「武井さん、こんな意地悪な探偵さんのことなんか、放っておきましょうよ。ご注文は?」

「あ、あの……珈琲を」

武井刑事はうろたえながら注文した。

「はい、かしこまりました。店長、珈琲ひとつね」

アキは奥に声をかけると、私を無視するようにして引っ込んでしまった。

どうも今日のアキは、感情の起伏が激しいようだ。

「やれやれ……また怒らせてしまったか」

私は思わず長い溜息《ためいき》をついた。


「紅梅」を出ると、車で鈴木峰の家に向かった。

道路をしばらく走っていると、次第に家がまばらになり松林や田畑が増えてきた。急な坂道を登って神社を越えたところに、古い民家を見つけた。根元を白蟻《しろあり》にやられて倒れかかっている門に「鈴木」という表札が掛かっている。門に連なっている生垣も半ば枯れ果てていて、細い枝越しに家の中が見えていた。日陰になった縁側にひとりの老婦人が腰を降ろし、枝豆の莢《さや》を枝から千切り取っているところだった。

「すみません」

私が声をかけると、彼女はゆっくりと顔を上げた。何の表情も浮かんではいなかった。私は門を開けて中に入った。老婦人は眼の前に近づいてくるまで、視線で私を捕捉《ほそく》しつづけていた。だがその視線には怯《おび》えとか非難とかいった感情は、一切含まれていなかった。まるで小動物の眼のように、ただ動くものを追尾しているだけのようだった。

「鈴木峰さん、ですね？　私、こういう者です」

私の差し出した名刺に、老婦人は眼を移す。しかしそこに書かれている文字を読んでいるのかどうか、無表情な顔からはわからない。

「じつは亡くなったご子息、鈴木政秀さんのことで少々お伺いしたいのですが」

息子の名前を聞いてはじめて、彼女の表情に変化が起きた。しかしそれは、ごくかすかなものだった。

「政秀さんは、交通事故でお亡くなりになったそうですが、それはいつのことですか」

峰は返事をしなかった。私と私の名刺の間を見つめたまま、動こうともしない。近くの松林から聞こえてくる油蟬《あぶらぜみ》の声にかき消されて、私の言葉は彼女の耳に届かなかったのではないかとさえ思った。

「去年……」

不意にしわがれた声が洩《も》れ聞こえてきた。

「一昨日が一周忌だった……」

「そうでしたか。それでどういう事故だったんですか。どこかに車をぶつけたとか……」

「轢《ひ》かれた」

峰は感情のない声で、短く答えた。

「相手は？」

こちらの問いかけも、つられて短くなる。

「わからん。捕まらんかった」

そう言うと峰は、ふたたび枝豆千切りをはじめた。指と指の間に何本かの莢を挟んで、一気に千切り取る。彼女の指はそうした作業に長年慣らされてきたのか、硬くがっしりしていた。

「では、警察は――」

「警察は、何もしてくれん」

私の言葉を遮るように、峰は言った。言葉の端に、押し殺した怒りのようなものが感じられた。

「あんた、政秀を殺した犯人を見つけてくれるんか」

千切った枝豆を笊《ざる》に放り込みながら、峰が訊《き》いてきた。

「いえ、あの……そうではないんですが、ただ政秀さんのお知り合いで、こういうひとをご存じないかと……」

私は鈴木道子から渡された例の写真を取り出すと、峰に見せた。

その瞬間、峰の態度が変わった。

引ったくるようにして私の手から写真を奪うと、

「おまえ、どういう了見なんだ!? あの女とぐるなのかい!?」

「あの女? ぐる?」

「とぼけるんじゃないよ。勝手にひとの写真を盗んでいったくせに!」

「ちょっと、ちょっと待ってくれませんか」

私は峰の剣幕に辟易《へきえき》しながらも、なんとか相手を落ち着かせようとした。

「この写真は、お宅から持ち去られた物なんですか。そして持ち去ったのは女性なんですね?」

「ああ、そうだよ。あんた、その女のことを知ってるんだろ?」

峰の口調はいささか落ち着いてきた。しかし怪訝《けげん》そうな表情は崩していない。

「もしこの写真を持っていた女性と、峰さんがお話しされている女性が同一人物であるなら、私はそのひとと一回だけ会ったことがあります。彼女は政秀さんのことを自分の夫だと言ってましたが」

「そんな馬鹿な」

峰は吐き捨てるように言った。そして実際、地面に向かって唾《つば》を吐いた。

「政秀は独り者だった。女房なんかいるわけがない」

私は鈴木道子と名乗った女性の容姿を、峰に説明した。

「ああ、その女だ。間違いない。政秀の一周忌に顔を出して、写真を盗んでいった奴だ」

「そのときの事情を、詳しく教えていただけませんか。どういう用事でその女性はやってきたんですか」

「事情も何も、政秀の知り合いだとか言ってやって来たんだよ。それでお坊様にお経を読んでもらってから少し話をしたんだ。そのときは気立てのいい女に見えたんだけどね。わたしゃすっかり気を許して、政秀の古い写真帳を見せてやったんだ。ところがお茶を淹れに行ってる間にぷいと消えちまいやがって、放り出されてた写真帳から写真が一枚剝《は》がされてるじゃないか。まったく、ひどいことをするもんだよ。あんな馬鹿息子でも、死んじまえば写真くらいしか残らないと思えば、大事な財産なんだからね。一体どういう了見で盗んだんだか……」

峰は縁側から立ち上がると、写真を持ったまま奥に引っ込んだ。そして茶色い革表紙の写真帳を一冊持ってきた。

写真帳を開くと、一ヶ所写真が剝がされたらしい空白のある頁《ページ》があった。峰はそこに私が持ってきた写真を貼《は》り直した。

「その女性ですが、名前を名乗りましたか」

「いや、言わなかったし聞かなかった」

峰は貼った写真を指で撫《な》でながら、言った。

「どんな話をされたんですか」

「たいしたことは話さなかったよ。写真帳を見せたときに、一緒に写ってる子は誰だってしつこく訊かれたけど」

「この少年のことですか」

私は峰が貼り直した写真に写っている問題の人物の顔を指差した。

「ああ、そうだ。やけに熱心に訊いてたね。でもわたしゃあの子の友達なんてひとりも知らないからね。他にも知り合いでこんなのがいたはずだとかいって名前を出してたけど、やっぱり知らなかったよ」

「その名前というのは？」

「覚えてないよ」

峰はそっけなく言ったが、少し考えるようにしてから、

「たしか……アマ何とかって言ってたね」

「アマ……」

「それ以上は思い出せないよ、悪いけどね」

「そうですか……ところで、政秀さんの中学の卒業写真帳はありませんか」

卒業写真帳なら、卒業生全員の名前が掲載されているはずだ。そこにアマ某の名前も載っているだろうと思ったのだ。

「ないよ」

しかし峰の返答は、あっさりしたものだった。

「あの子は、そんなものなんかすぐに捨てちまったんだよ。卒業式の帰りに、溝に投げ込んじまったそうだ」

「そいつはまた、ずいぶんと思い切ったことをしたものですね。政秀さんは学校が嫌いだったんですか」

「学校のほうがあの子を嫌ってたのさ。悪さばっかりして、何度か警察のご厄介になってたからね。結局死ぬまで、真人間にはなれなかった」

峰の言葉には、言葉にしがたいやり切れなさのようなものが感じられた。

「ほんと、馬鹿な子だったよ。死ぬまで世間様に迷惑ばかりかけて、挙げ句の果てには車に轢かれて死んじまうなんてねえ……一体、なんのために生まれてきたんだか……」

峰は写真帳を閉じた。閉じた勢いで写真帳の頁から立ち上った埃《ほこり》が、夏の陽射しを受けて、かすかに光った。

峰の心も、そのまま閉じられてしまったようだった。

第五章　夕暮れの喫茶店で

事務所に戻って自分の椅子《いす》に腰を降ろした途端、電話が鳴った。

「はい、石神探偵事務所です」

——やっと、繋《つな》がりましたわね。

受話器の向こうの声には、苛立《いらだ》ちがにじみ出ていた。

——お昼から一時間おきにお電話しておりましたのよ。

「そいつはどうも申しわけありません。あの、鈴木道子さんですか」

——さようです。ご依頼した件ですけど、何かわかりましたでしょうか。

昨日とはうって変わって、態度が横柄だった。電話してくるのは勝手だが、そんなに簡単に調査ができるなどと思ってもらいたくはなかった。しかし私は、内心の憤りを押し隠して言った。

「いや、なにせ昨日の今日ですからね。まだあの人物のことについてはよくわかっておりません。ただ……」

——ただ？

「ひょっとしたらそうかもしれない、という人物に行き当たりました」

——まあ、それは誰ですの？

道子は性急に尋ねてくる。

「それが、電話では申しあげにくいのです。非常に微妙な問題が絡んでおりましてね」

私は相手が苛立つのを承知で、持って回った言いかたをした。案の定、道子は怒ったように、

——どうして教えてくださいませんの。わたしはあなたを信頼して、このお仕事をお願いしましたのに。

「その信頼に応《こた》えるためにも、事は慎重に進めなければならんのですよ。ですからお手数ですが、もう一度こちらにいらしていただけませんでしょうか」

——そちらに、ですか。

「ええ、直接説明したいんです」

——でもわたし、いろいろと都合がありますの。そう簡単には……。

「わかっております。しかしこの件に関しては、どうしても直接お話ししなければならない状況にあるのですよ」

私は我慢強く説得した。

――……わかりました。今夜、伺います。

やっと道子は折れた。

――ただし、その事務所ではなく、他の所でお会いします。そうですわね……午後七時に駅西の「紫苑《しおん》」という喫茶店ではいかがでしょう。

「よろしいですよ。では、七時に『紫苑』で」

――本当に、それらしいひとを見つけたんですね？

道子はなおもしつこく尋ねてきた。

「ええ、かなり有力です。では、今夜を楽しみにしております」

電話を切ってから、私はしばらく電話機をぼんやりと見つめながら考えていた。

鈴木道子と名乗る女性は、この街の人間に違いない、私は今の電話でそう確信した。「紫苑」という店なら私も知っているが、表通りから少し離れた場所にある、いささか地味な店だ。この街の人間でなければ場所や名前を知っているとは思えない。もちろん昨日この街を訪れたときに、たまたま見かけたか入ったかしたから覚えていた、という可能性もないではない。しかし、それにしても待ち合わせなら喫茶店よりは駅前の改札口あたりのほうが、不安がなくて自然なはずだ。

彼女が駅前で待ち合わせをしたくないのは、誰かに顔を見られることを怖れているからではないか。私はそんな気がしていた。

まあいい。とにかくもう一度道子に会い、彼女の話の矛盾をついてみればいいことだ。

それにしても、鈴木道子の意図は何なのだろう。何を目論んでいるのだろう。

「なあ俊介、君はどう――」

言いかけて、口を噤《つぐ》んだ。

俊介は、いないのだ。この件は、私ひとりで追いかけているのだ。

「やれやれ、すっかり俊介を頼る癖がついてしまったかな……」

私は自嘲《じちょう》ぎみに、そう呟《つぶや》いた。


夏も終わりに近づいたせいか、日の落ちるのが次第に早くなってきたようだった。薄暗さの中で形をなくしかけた駅前のビル街に電燈が灯り、通りすぎる車は前照燈をつけはじめていた。

私は帰宅する勤め人や学生たちでごった返す駅を通り抜けて駅西に向かった。茜《あかね》色に染まった空に、くすんだ色の雲が忘れ物のように浮かんでいる。

その雲の色と形が妙に気に障《さわ》った。重そうに膨らんだ積雲の歪《いびつ》さが、頭の上に覆い被さってくるような圧迫感を感じさせるのだ。

私は空を見ないようにして「紫苑」に向かった。

「紫苑」は「紅梅」よりはずっと大きく、古い店だった。椅子も卓も黒光りがするほどの年代物で、ついでに言えば店の人間もかなり古びていた。店の入口が見える位置に座った私の前に水を持ってきた女性は、恐らく五十歳をすぎていると思われる。たぶんこの道数十年という経験者なのだろうが、接待術に関しては素人以下だった。いささか乱暴にコップを置くと黙ったまま私の前に立つだけで、「御注文は?」の一言もない。そのまま私が黙っていれば、何時間でもその場に立っていそうな雰囲気だった。

「もうひとり来ますから、注文はそれからにします」

私が言うと、女性はぷいと横を向いて、そのまま奥に引っ込んでしまった。

私は思わず肩をすくめた。これならアキの減らず口のほうが、まだいい。

水を一口飲んだ後で、腕時計をたしかめる。時刻は午後六時五十八分。

私はそれとなく周囲を見廻した。席は八割がた埋まっている。会社帰りの勤め人が多いようだ。店内には流行歌と客達の会話、そして冷房機の機械音が耳障りな響きを立てていた。機械のほうも、かなりの年代物らしい。

コップの水を半分ほど飲んだ頃《ころ》、店の扉が開いた。

今日の彼女は藍《あい》色の服を着ていた。そして大きな黒眼鏡を掛けている。何がなんでも私に素顔を見られたくないらしい。

彼女は私に気がつくと、ゆっくりと近づいてきた。立ち上がって挨拶《あいさつ》すると、彼女はそれに応じる素振りもなく向かい側の椅子に腰を降ろした。私は自分が間抜けになったような気分で、椅子に座り直した。

「お話を聞かせてください」

彼女は単刀直入に言った。

「いいですとも。しかしそれは、あなたから話を聞いてからです」

「それはどういう……」

彼女が言いかけたとき、例の無愛想な女性がやってきた。私のときと同じような態度で彼女の前にコップを置き、そのまま何も言わずに立っている。

「私は、珈琲をお願いします。鈴木さんは？」

「あの、お紅茶をお願いします」

女性は返事もせずに戻っていった。

道子は自分の注文が相手に聞こえていたのかどうか不安に思っているような表情で、去っていく女性のほうに眼をやっていたが、ふと思い出したように私に向き直って、

「それで、わたしに訊きたいことと言いますのは、どういうことでしょう?」

と尋ねてきた。

「いろいろありますが、まずは一番肝心なことからお伺いしましょう」

私は彼女の顔を真っ直ぐに見据えて、言った。

「あなたの、本当のお名前を教えてくれませんか」

彼女の口許《くちもと》が強《こわ》ばるのが、はっきりとわかった。

「……なにを、おっしゃっているのか、よくわかりませんけど……」

「私は鈴木政秀さんのお母さんを訪ねました。これだけ言えば、私の質問の意図はわかっていただけると思いますが」

相手を追いつめる快感と罪悪感、そのふたつが心の中でせめぎ合っている。私はそれを無視して相手の反応を待った。

道子——そう名乗っているだけなのだが——は眼の前のコップを手にして、水を一口飲んだ。昨日と同じ薔薇《ばら》色の唇が、神経質そうに震えていた。

「わたし、あなたにお願いしたのは、たったひとつのことです。それ以外のことを調べてほしいとは申しませんでした」

声が強ばっていた。

「わたしのお願いしたことだけ、調べていただければいいんです。他のことには余計な口出しなどしないで」

「おっしゃるとおりです」

私は頷《うなず》いた。

「しかし私どもの仕事には、依頼者との信頼関係が不可欠なのですよ。それと、自分の行動にどういう意味があるのかがわかっている必要がある。ときとしてこの仕事は、法律や倫理の枠外に自分を追いやることがあります。つまり、気がついたら法を犯していたとかね。そういう事態は避けたいのです。おわかりになりますね？」

「わたしのお願いしたことが、法に触れるとでも言いたいのですか」

彼女の視線が挑むような色に変わった。

「今の私には、それを判断することもできません」

私は軽く肩をすくめてみせた。

「だから、教えていただきたいんですよ」

道子はじっと黙ったまま、何も言わなかった。ときおり水を口に運びながら、私に視線を合わせないようにしている。私は待つことにした。

不意に彼女が立ち上がった。

逃げ出すつもりなのかと思ったが、彼女は店の奥のほうに歩いていった。ふりかえって眼で追うと、行く先には「御手洗い」と書かれた扉があった。

彼女がその扉の向こうに消えるまで見届けていると、例の無愛想な女性が盆を持って近づいてきた。やはり無言のまま私のところに珈琲を、そして向かい側の席に紅茶を置いた。

珈琲を一口飲んでみる。ひどく薄くて不味《まず》かった。しかも舌を焼くほどに熱い。

私はカップを置くと、少し向こうに押し遣った。

道子はなかなか出てこなかった。女性は化粧を直したりするので、男よりはずっと時間がかかることは承知しているが、場合が場合だけに気になる。まさか逃げ出したということはないだろうが……。

私が自分の想像に気が気でなくなってきたとき、やっと彼女が姿を見せた。

道子は無言で椅子に座ると、眼の前に置かれていた紅茶のカップを手にし、一口飲んで、

「あつっ！」

と小さく声をあげた。どうやら彼女の紅茶もかなり熱かったようだ。すぐにカップを置くと、慌てた様子でコップの水を飲んだ。

私は笑いそうになるのを堪えながら、相手が話しはじめるのを待っていた。

道子は手巾《ハンカチ》で口許を押さえると、やっと私のほうを向いた。

「やはり野上さんには最初からきちんとお話ししたほうがよかったのですね。そうするべきでした」

私は頷いてみせた。

「そのかわり、秘密は守っていただけますわね？」

「守ります」

「……わかりました。ではお話しします。わたしは、わたしの本当の名前は――」

言いかけたとき、彼女の表情に変化が起きた。

何かに驚いたかのように、全身が震えたのだ。

「わたしの、なまえは……あまぎ……！」

次の瞬間、彼女の体がばねのように跳ね上がった。そして卓をひっくり返しそうな勢いで立ち上がった。

「どうしました？」

私は彼女の体を支えようと手を伸ばした。それを彼女の手が、ものすごい勢いで振り払った。

彼女の口から、うがいでもしているかのような声が洩れた。そして自分の喉《のど》を掻きむしるような仕種をすると、そのまま床に倒れ込んだ。

誰かが悲鳴をあげた。

「どうしたんですかっ!?　道子さん！　道子さん！」

私は彼女を抱き起こした。倒れた拍子に黒眼鏡がどこかに吹っ飛んでいた。大きく見開かれた瞳が、小刻みに震えていた。

「道子さん！　しっかり！　誰か、救急車を！」

私は道子を抱きかかえたまま、周囲を見廻した。恐怖の表情を張りつかせた顔が、私たちを取り巻いていた。

「早くっ！　救急車！」

道子の手が、私の腕をつかんだ。こちらが悲鳴をあげたくなるほどの力だった。

道子は私に何か言おうとしていた。だが口がかすかに動くだけで、言葉にならない。

その口許から一筋、真っ赤な血が流れ出てきた。

ふたたび周囲から悲鳴があがる。

そして最後の痙攣《けいれん》がやってきた。彼女の体が感電したように震え、その後、私の腕をつかんでいた手の力が、不意に抜けた。

私の腕の中で、道子の体が突然重くなった。

「道子さん⁉」

私が呼びかけても、彼女は返事をしなかった。

私はそのまま、茫然《ぼうぜん》としているほかはなかった。

第六章　依頼人の正体

それから後のことは、思い出しても気が重くなるものだった。

騒然とする店内は野次馬たちの格好の餌場《えさば》となり、倒れた道子と彼女を抱きかかえている私を遠巻きにした壁が作られた。

「救急車を！　電話してください！」

思いっきり叫んだが、壁を作る人々は顔を見合わせるだけで行動する気配もない。ただ私たちを怯えと好奇心に満ちた眼で見ているだけだ。

私は道子の体をそっと床に置き、立ち上がった。とたんに壁に動揺が走り、輪が広がった。

私はその壁を突っ切ると、店の奥にあった電話機に向かった。近くにあの無愛想な店員と、店の主人らしい太った老人が立ち尽くしていた。ふたりとも私を見て、あからさまに恐怖の表情を浮かべた。

「救急車は？　電話してくれましたか」

私の問いかけにもかすかに首を振るだけで、答えようともしなかった。

私は怒鳴りつけたいのを我慢して、受話器を取った。最初にまず救急車の出動を依頼し、その後捜査一課に電話を入れた。

高森警部はあいにく不在で、かわりに池田刑事が電話に出た。

——ああ、野上さん。なんだか慌ててるみたいだけど、どうしたんです？

例によってのんびりした口調で池田は言った。どんなに危急のときにも彼の態度は鷹揚《おうよう》でゆったりしている。それがともすれば殺伐となりがちな捜査の場では、潤滑油のような働きをしてくれるのだった。

しかし今は、彼ののんびりした対応がもどかしく感じられた。

私は手短に事の次第を伝えた。

「とにかく、すぐだれか来てほしい。犯罪の可能性があるんだ」

——殺しですか。

私は一瞬、答えに躊躇《ちゅうちょ》した。しかし、言わなければならない。

「ああ、たぶん、殺人だ」

受話器を置いてふりかえると、女店員の冷たい視線が私を睨んでいた。

「もうすぐ救急車と警察がきます。それまでこのままでいてください」

私は女店員の視線を無視して、店内にいる全員に向かって言った。

客達は動揺していた。そこかしこで顔を見合わせ、ひそひそと言葉を交わしながら、店の出入口に眼を向けていた。もっと早くにここから逃げ出していれば関り合いにならずに済んだのに、と思っているようだった。

実際、早々に店から出ていった者もいるようだった。私はすぐに客達を足留めしなかったことを後悔した。

道子は不自然な格好で床に倒れたままだった。苦痛に歪んだ顔、光を失った眼、何かにつかみかかろうとするような形で硬直した指。それはとても恐ろしく、そして悲惨な姿だった。もう、救急車は役に立たない。

私は彼女の前に跪《ひざまず》き、眼を閉じさせた。今の私にできるのは、それくらいしかなかった。

と、いきなり店の扉が開いて、制服姿の警官がひとり飛び込んできた。

「どうした？　何が起きたんだ？」

まだ若い警官は横柄な態度で野次馬達の壁を潜り抜けると、倒れている道子を見て思わずたじろいだ。

「どうしたんだ？　この女性に何があったんだ？」

そのとき、私はてっきりこの警官が捜査一課から連絡を受けてやってきたのだと思い込んだ。

「見てのとおりだ。つい先程、亡くなった」

「死んだ⁉　なぜだ？」

「わからない。現段階では何とも言えないが、他殺の可能性がある」

「他殺だとお⁉」

警官は素《す》っ頓狂《とんきょう》な声をあげると、いきなり私の腕をつかんで引っ張り上げた。

「きさまっ、一体何をしたっ！」

「おい、何をするんだ？」

私はむっとしてその腕を振りほどいた。

「おっ、き、きさま、抵抗するのか」

警官は尻ごみしながら、警棒に手を掛けた。

「何を勘違いしているんだ」

私も次第に苛立ってきた。

「君のやるべきことは、池田君たちが来るまでに現場を保存することではないのかね。とにかく店にいるひとをだな――」

「このひとよっ！」

私の声を遮って、悲鳴のような声が轟《とどろ》いた。

「この男が殺したんだ！」

叫んでいたのは、例の女店員だった。彼女は震える指で、私を指し示していた。

「この女のひとと口喧嘩《げんか》してたの。そしたら急に苦しみだして、倒れたのよ。このひとが何かやったんだわ。そうに決まってる」

「おい……ちょっと待ってくれないか。私は……」

女店員に抗議しようと一歩踏み出すと、相手はものすごい勢いで調理場のほうに逃げ込んでしまった。

と、いきなり後ろから羽交い締めにされた。

「こいつ、おとなしくしろ！」

警官が私を組み伏せようとしていた。

「何をするんだ！」

私も思わず大声を出す。

「おとなしくしろと言っているんだ！　逃げるんじゃない！」

「私がどうして逃げなきゃならないんだ！　放せ！」

「うるさい！　殺人犯が！」

問答無用だった。警官は私の言葉に耳を貸す様子もなく、いきなり私の腕に手錠を掛けた。

「おい、これはなんなんだ……！」

私は呆《あき》れてしまった。いくらなんでも、これは強引すぎる。

「うるさい、殺人の現行犯で逮捕する！」

警官はもう一方の腕にも手錠を掛けると、大きく眼を剥いて怒鳴った。

「さあ、こっちに来るんだ！」

「おい、待て！　池田君はどうなっているんだ⁉」

「池田？　誰だそれは？」

「誰って……君は池田君の指示で来たんじゃないのか」

「そんな奴は知らん。本官は派出所に飛び込んできた市民の通報でここに来たんだ。この喫茶店で人殺しがあったとな。それでこうしてきさまを逮捕しにきたんだ。わかったか」

どうやら店から逃げ出した客のひとりが、この厄介な警官に通報したらしい。

「さあ、わかったらおとなしくこっちに来い。まず名前を言え。それから被害者の名前もだ」

「待ってくれ。今こちらに捜査一課の池田刑事が向かっているんだ。彼に話を聞けばわかるはずだ」

「何をいいかげんなことを。さあ、白状せんか」

警官は手錠の掛かった私の腕をねじ上げた。

「痛っ……おまえなあ……！」

「おまえだと？　警官に向かって何という口のききかたをする！」

この警官には理屈とか筋道立った話はできないようだった。

「とにかくだ、もうすぐ捜査一課が来る。それまで待ってくれ」

私は屈辱的な気持ちを抑えながら、言った。

「どうして一課が来ると知っているんだ？」

「私が呼んだからだ」

「自首するためにか。だったら本官が――」

「違う！」

てんで話にならない。

野次馬達も私が犯人だと確信したのか、いやな眼つきで私を見つめていた。私は言いようのない憤りに胸が詰まりそうだった。

そのとき、扉が開いて、数人の警官と鑑識課員がどやどやと雪崩《なだれ》込んできた。

「あれえ？　野上さん、どうしたんですかあ？」

例の間延びした声が聞こえてきた。

彼の声をこれほどありがたく思ったことは、なかったように思う。

「ああ、やっと来てくれたか、池田君」

黒縁眼鏡をかけた温厚な表情の池田刑事が、警官たちの後ろから店に入ってきた。彼は手錠を掛けられた私と、私を締めあげている警官を見て、驚いたように細い眼を見開いていた。

「この警官の勘違いを正してやってくれないか。とんだ誤解なんだ」

「なっ、なっ……」

突然の事態に、件《くだん》の警官はすっかりうろたえているようだった。

「君、どうしたんです？　野上さんに手錠なんか掛けて。あ、私、捜査一課の池田です」

池田刑事はあくまで鷹揚な態度で、警官に事情を訊いた。

「は、はい、私は、いや本官は一般市民からの通報を受けまして……」

警官はしどろもどろに女性を殺害した犯人として、私を現行犯逮捕したのだと報告した。

「殺人？　野上さんがあ？　へええ……野上さん、本当に野上さんがやったんですかあ？」

池田刑事は面白がっているような表情で、訊いた。

「冗談じゃない。私がそんなことをするわけがないだろう」

私はむきになって言うと、手錠を掛けられた腕を彼に見せて、

「とにかく、これを何とかしてくれないか」

「はいはい、わかりましたよ。君、この手錠を外してくれないかな」

「は、あの、しかし……」

警官は躊躇している。

「大丈夫だよ。野上さんは逃げ出したりしないから。私と、それから捜査一課の高森警部が保証するからさ」

「高森警部……！　あ、はい！」

捜査一課の鬼高の名前を聞いて、警官は硬直したように背筋を伸ばすと、震える手で私の手錠を外した。

「やれやれ……」

私は手錠に締めつけられた手首をさすりながら、

「とにかく、事情は電話で話したとおりだ。事故なのか事件なのか、まだはっきりしないが、どうも殺人のような気がしてならないんだ」

池田刑事は頷きながら、

「突然、相手の女性が苦しみだして倒れたんですね。ふうん……」

すでに監察医の角田《つのだ》が検死を始めていた道子の遺体に顔を近づけた。

「あれ？」

池田は不審そうな声をあげた。

「野上さん、このひとの名前、なんて言いましたっけ？」

「鈴木道子と名乗っていた。しかし恐らく偽名だろう。本当の名前を教えてもらおうとしていたんだが、それを答えようとしたとたんに、こうなってしまったんだ。たしか……あま……あまぎ、とか言ったような気がするんだが」

「天霧《あまぎり》、でしょ」

池田が言った。

「知っているのか!?」

私は驚いた。

「知ってますよ。つい最近、会ったばかりですから」

「いつ？　どこで？」

私はたたみかけるように尋ねた。池田は相変わらずのんびりした態度で、

「それは、ここでは話さないほうがいいと思いますね。いろいろとわけありなんで。だけど名前だけは教えてあげちゃおうかな」

「もったいぶってないで、教えてくれよ」

高森警部が癇癪《かんしゃく》を起こしたくなる気持ちもわかると思いながら、私は答えを待った。

「このひとはね、天霧瑞江《みずえ》って言うんですよ」

池田は私にその名を耳打ちした。

「天霧……瑞江」

天霧という珍しい姓に、私は聞き覚えがあった。

「ああ、あの……」

言いかけた私に、池田は人差し指を口に当ててみせた。たしかにこれだけの野次馬がいる場所でおいそれと口にはできない。

私の思ったとおりなら、鈴木道子――いや天霧瑞江は、あの天霧和馬《かずま》の家系に連なる人間なのだろう。

天霧和馬、この傑物の名は数十年来この街の政財界に轟き渡っていた。

もともと和馬の父親はこの街で天霧工務店という中規模の建設会社を営んでいたのだが、終戦後の復興期に建設特需で財を成し、一躍全国規模の総合建設請負業者となった。その会社を受け継いだのが長男の和馬で、彼は他の会社を吸収することで自分の企業の幅をさらに広げたのだった。今では全国に十数店舗を構える百貨店や総合遊園地、結婚式場から出版社まで、彼が経営に携わる業種は多岐に渡っていた。

私は以前、とある会合で彼の姿を見かけたことがあった。まだ五十代半ばであったはずだが、並み居る政財界の長老たちに取り囲まれた彼の姿は、まさに領袖《りょうしゅう》とでも言うべき存在感に満ちていた。黒々とした髯《ひげ》を長く伸ばした姿から、中国は蜀《しょく》の武将で今は商売の神としても崇められる関羽《かんう》に比せられ、美髯《びぜん》将軍という異名を奉られているのも、頷ける話だった。

もし死んだ女性がその天霧和馬の縁者だとすれば、事件はかなりややこしいことになりそうだ。

「どうです、先生?」

池田刑事は道子ならぬ瑞江の検死を続けている角田に尋ねた。角田は顔を上げて、

「死んどるよ」

不機嫌そうに言った。この監察医はいつも機嫌が悪そうな表情で仕事をしているのだ。本当は自分の職務にかなり熱心で腕もいい人間なのだが、とっつきにくいのが難点である。

「いや、死んでるのはわかってるんですよ。死因とかそういうのは……」

「解剖待ちだ。はっきりしたことはな。ただ……」

角田は私と瑞江が座っていた席の卓に眼をやって、

「ここに置いてある物全部を調べる必要がある。十中八九、この仏さんは毒を飲まされておる」

「毒を……」

私は思わず呟いていた。彼女が倒れたときの様子から、そうではないかと思ってはいたのだが、いざ専門家の口からその言葉が出ると衝撃を感じないではいられなかった。

「しかし、一体どうやって……」

「心当たりは、ないんですか」

池田に尋ねられても、私は首を振るしかなかった。

「ちょっと、想像がつかない。この店では私は彼女とずっと一緒にいたからね。いつ、どうやって彼女が毒を飲まされたのか……」

「うーん……」

池田は腕組みをして、首を捻《ひね》った。

「この店に入ってからのことを、一応順を追って説明してくれませんか」

「ああ、いいよ」

私は午後七時にこの店で彼女と待ち合わせたことから始めて、彼女が現われ、話し、そして倒れるまでの経過を丁寧に話した。池田は私の話を聞きながら、自分の手帳に書き込みをしていたが、

「すると、被害者が野上さんの眼から離れたのは、お手洗いに行ったときだけなんですね？」

「ああ、その間の七、八分くらいだね」

「なるほどねえ……あ、ちょっとちょっと」

池田は店長と女店員に手招きした。ふたりはすごすごとこちらにやってきた。女店員のほうは、まだ私を嫌な眼つきで睨んでいる。相変わらず私に嫌疑をかけているのだろうか。

「ここのお手洗いなんだけどね、何人入れるの？」

「あの……一人用です」

「男女兼用?」

「あ、はい」

店長はおどおどしながら答えた。

「そうかあ……じゃ、ちょっと一緒に来てほしいんだけどさ。いいかな?」

「はあ……」

池田は店長と一緒に手洗いに入っていった。

後には私と、女店員が残された。

とても気まずい空気が流れていた。彼女はまだ私のほうを睨みつけている。私は内心うんざりしながら視線をずらし、他の警官たちや鑑識員の仕事ぶりを眺めていた。店に残っていた客たちは、残らず警官から訊問《じんもん》を受けていた。鑑識員は私たちが座っていた席を中心に指紋の採取や証拠物件の捜索を続けている。今までに何度も見てきた光景だ。だが、慣れることはできなかった。彼らの仕事が極めて効率的であり事務的であるだけに、殺人という生々しい出来事とはどこか乖離《かいり》しているような、そんな気がしてならないのだった。

「ちょっと」

不意に声をかけられて、我に返った。

例の女店員が、私を見つめていた。

「あなた、本当にあの女の人を殺したんじゃないのね?」

念を押すような口調だった。

「殺してなんか、いませんよ」

私は憮然《ぶぜん》として答えた。

「本当に？」

「本当です」

押し問答になりそうな按配《あんばい》で気が滅入ってきたが、私は辛抱強く応じた。

「あ、そう」

しかし相手は、急に意外なくらいあっさりと、

「じゃあ、さっきのこと、謝っておくわ。悪かったわね」

「はあ……」

私は何と言って答えればいいのか、途方にくれてしまった。

それきり、彼女は横を向いてしまった。自分の早計を恥ずかしく思ったのか、気まずくなってしまったのか、それとも私に対する関心をなくしてしまったのか、よくわからない。

そのとき、手洗いから池田刑事と店長が戻ってきた。

「何もありませんね」

池田は手巾で手を拭《ふ》きながら、

「便器の裏から貯水槽までくまなく調べたんですが、不審なものは発見できませんでした。

もちろん、誰も隠れてなんかいませんしね」

「隠れるような場所はあるのかね？」

「ないです。便所自体は人間ひとり入るのがやっとの広さしかありませんし、洗面所だって人が隠れられるような空間なんてないですから。掃除道具の入った棚にも、隠れることなんかできません。もし被害者がこのお手洗いに入ってきたときに誰かがいたなら、絶対に眼についたはずです。ところで被害者がここから出た後、お手洗いに出入りした人間はいますか」

「それは……どうだかわからないね。私の座っていた場所からは背後になってしまうからね。だから——」

「いませんでした」

答えたのは、女店員だった。

「手洗いの前に立ってたから、間違いありません。あのひとが出てきてからは、誰も出入りしてません」

「本当に？」

池田刑事が念を押す。

「本当です。間違いありません」

彼女は憮然とした表情で、言った。

「ふむ……」

池田は考え込む。

「じゃあ、ここで毒を飲まされたわけじゃないのかな……」

「そういうことになるだろうね。もし……」

「もし、なんです？」

「いや、ただの仮定だよ」

「仮定でもなんでもいいから、教えてくださいよ」

池田は先を促した。

「本当にただの思いつきだよ。もし、彼女自身がここで毒を飲んだのでなければ、という……」

「自分で毒を？　自殺ってことですか」

「その可能性も、今は否定できない。それと、何者かに騙されて毒を飲んだ可能性もね。彼女の手提げ鞄《かばん》に、それらしい物は入っていないだろうか」

「見てみましょうか」

池田は鑑識員のひとりが慎重な手つきで調べていた鞄の中身を覗き込んだ。

「ねえ、これ、何？」

いきなり背後から声をかけられて、鑑識員はびっくりしたようだった。

「あ、あの……はい、これは……たぶん、薬です」

ふたりが話題にしているのは、病院の紙袋に入っているカプセル剤だった。透明な樹脂と銀紙に白赤二色の薬が二列になって封入されている。まったく手付かずのものがひとつと、あと二錠だけになったものがひとつ、あった。

「薬ってのはわかるんだけどさ、何の薬だろうね?」

「それは……調べてみないと何とも言えませんが……」

「そうか。まあ、そうだよねえ」

池田は頭を掻《か》いた。

薬の他には手巾、口紅などの化粧道具、財布、免許証入れなどが入っていた。

池田は手袋をすると、免許証入れを手に取った。

免許証には「天霧瑞江」という名前、そして彼女の写真があった。いまよりはずっと髪が短かった。しかし間違いなく、彼女だった。

「天霧、瑞江か……」

私は誰にともなく呟いた。彼女は死ぬ間際、私にその名を教えてくれようとしていたのだ。

その後で、名前を告げた後で彼女は、私に何を言おうとしていたのだろう。

第七章　深まる容疑

「野上さん、ひとを殺したんですって？」

部屋に入ってくるなり、高森警部が言った。口調は茶化しているように聞こえたが、表情はいささか硬かった。

「私じゃないよ。もう何度もそう言ってるんだ」

私は思わずむきになってしまった。今は警部の軽口に調子を合わせる気分にはなれなかったのだ。

「わかってますよ、そんなことはね」

警部は手にしていた書類の束を机の上に投げ棄てると、部屋の隅に置いてあった椅子を引っ張り出してきて座った。

「わかっているなら、こんな部屋に入れないでもらいたいね。まるで容疑者あつかいだ」

私は取調室の薄汚れた壁を見廻しながら言った。池田刑事たちと喫茶「紫苑」を出て警察署に行ったのはいいが、通されたのがこの部屋だったのだ。

「しかたないでしょうが。犯人かどうかは別として、野上さんは参考人なんですから。まあ、気楽にいきましょうや」

警部は私の気分などおかまいなしの様子で、書類をめくりながら、

「池田からの報告によると、野上さんは被害者の身許を全然知らなかったそうですね。本当ですか」

「本当だよ。彼女は鈴木道子という偽名を使って私の事務所にやってきたんだ。天霧瑞江という本名は、池田君に教えられるまで全然知らなかった」

「なるほどね。事務所に来たってことは、調査の依頼ですな。どんな仕事だったんです？」

「それは……」

私は言葉を濁した。

「わかってますよ。守秘義務があるって言うんでしょ」

警部は私に先んじるように、

「しかしね、今回は探偵さんの職業的倫理より事件解明を優先してもらいたいですな。なにせこれは、殺人なんですから」

「……わかっているよ」

私は覚悟を決めて、昨日鈴木道子と名乗る女性が事務所にやってきてからのことを話し

た。警部は私の話を黙って聞いていたが、次第に難しい顔つきになり、話し終えたときにはすっかり渋面になってしまった。

「気に入らんですなあ。何と言うか、簡単には信じられない話だ。依頼の内容からして作り物めいてる」

「しかし真実なんだ。私だって最初から彼女が本当のことを言っているとは思っていなかったがね」

「どうして嘘だとわかっている依頼を引き受けたりしたんです？」

「それは、ある種の好奇心が疼《うず》いたからだよ」

「天霧、いや鈴木道子という女性に対する好奇心、ですか」

「ああ、下世話な意味ではなく、あの女性に興味が湧《わ》いたね。彼女が何を目的にしているのか、捜してくれという人物との関りはどういうものか。探偵としての好奇心がいたく刺激されたわけだ」

「その結果、こうして警察の御厄介になってしまったと……いやいや、さっきも言ったように野上さんの潔白を疑ってるわけじゃないんですよ。ただ、あまりいい結果は生まなかったようですな」

「その点については、弁解の余地もないね」

　私は肩をすくめた。

「それで、天霧瑞江が捜してほしいと依頼してきた人物の写真は、鈴木峰の家に戻したんですね？」

「ああ、その家から盗まれたものだとわかった以上、返さないわけにはいかなかったからね。必要なら峰さんの家に行って借りてくるといい」

「そうしましょう。ついでに事情も訊いておかないといけないし」

警部は自分の手帳に心覚えを書き込んだ。

「ところで警部、被害者の天霧瑞江は、やはり天霧和馬の血筋の人間なのかね？」

「血筋も何も、実の娘ですよ」

警部は手帳から顔を上げて、

「まったくあの女もねえ、続けて警察に厄介をかけてくれるんだからなあ……」

「続けて、と言うと？」

「昨日話したでしょ。親父さんがお妾《めかけ》さんに殺されそうになったって警察に騒ぎ込んできたってお嬢さんの話」

「ああ……すると、そのお嬢さんというのが……」

「そう、天霧瑞江でした。面白い話でしょうが」

警部は少しも面白がっていないらしい顔で言った。

「たしかに考えかたによっては、面白いかもしれないな。瑞江は父親の愛人の殺人未遂を警察に告発し、その後で私に奇妙な依頼を持ち込んだ……警部、瑞江が言っている事件は、いつ起こったんだね？」

「ちょうど一週間前ですよ。瑞江が警察にやって来たのはその翌日。次の日に池田と武井が天霧家に聞き込みに行って、その翌日に圧力がかかって捜査は中断したわけです」

「なるほど。捜査に歯止めがかけられたのが今から四日前。その翌々日は鈴木政秀の命日で、瑞江は彼の家に行って写真を盗み出している。そして次の日、つまり昨日には私の所へ来て調査を依頼していった。和馬の事件と今回の事件、ほとんど連続して起きているわけだな」

「そういうことになりますね。こいつは、考え直してみないとな」

　高森警部は自分の銀縁眼鏡を布で拭きながら、

「上が何と言おうと、天霧和馬の事件も含めて捜査しないわけにはいかんでしょうな。ひょっとしたら、同一犯の仕業かもしれないし」

「即断するのは危険だが、その可能性もないとは言えないね」

　私は頷いた。

「いずれにしても、瑞江があの写真の人物を捜そうとしていた理由が知りたい。彼女が私に打ち明けてくれる寸前であんなことになってしまったことが、今は悔まれてならないよ。まるで……」

私はそのとき心の中に浮かび上がってきたある考えに、思わず言葉を失ってしまった。

「まるで、何なんです？」

警部が先を促す。

「いや……変なことを考えてしまったんだよ。まるで私にそれを——瑞江の目的を知らせないために、彼女は殺されたんじゃないか、とね」

「あり得ますな」

今度は警部が頷く番だった。

そのとき、取調室の扉がいきなり開かれて、武井刑事が入ってきた。

「警部、これ」

差し出したのは、一通の書類だった。警部はそれを受け取ると、私の前で読みはじめた。

彼の口が、への字に曲がるのがわかった。

「まずいな……」

「どうしたんだね？」

「野上さん、状況は極めて不利ですよ」

書類から顔を上げた警部は、かすかに首を振りながら言った。

「瑞江の検死結果によると、やはり死因は即効性の毒によるものでした」

「やはりね」

それは私も予想していたことだったので、そう驚きはしなかった。だが警部の表情が曇っていることが気になった。

そして、ふと思い至った。

「待ってくれ。即効性というと、どれくらいの……」

「飲んだら即、効き目が出てくるやつのようです。瑞江があの店で口にしたのは、コップの水と紅茶だけなんですね？」

「ああ、私が見ているかぎりでは、そうだった。どちらにも毒は仕込まれていなかったのかね？」

「いいえ、はっきり出てきましたよ。コップの水のほうにね」

警部は書類を手で叩きながら、

「まずいですねえ。これじゃ野上さんが最重要容疑者になっちまう」

警部が言わんとしていることは、私にもわかった。瑞江のコップに毒を仕込むことができた人間は限られてくる。

中でも一番その可能性があった人間、それは私だ。

「水が運ばれてきてから、瑞江が死ぬまでの間、誰か野上さんたちがいた席に近づいてきた人間はいますか」

「店の人間以外には、いないね」

私は首筋に熱いものを押しつけられているような焦燥感を覚えながら、答えた。

「本当でしょうね？　近づいてきた人間を見落とすようなことはありませんでしたか」

「ないね。一度だけ、瑞江が手洗いに立ったとき、私は彼女が洗面所に入るまで眼で追っていた。彼女の席から眼を離したのは、そのときだけだろう。だが隣接した席には客はいなかったし、誰かがそのときに近づいてきたとしても、私が気づかなかったとは思えない。だから何者かがコップに毒を入れるなんてことは、不可能だよ」

「野上さんは正直ですなあ。正直すぎる」

警部は呆れたように言った。

「自分で自分の首を絞めてるってこと、わかってます？」

「わかってるさ」

苦々しい思いで、私は答えた。

「だが本当のことだ。店の人間を除けば、容疑者は私しかいないことになる」

「なるほど、たしかによくわかってらっしゃる」

警部は眉を上げてみせた。

「それで喫茶店の人間なんですがね、店長の坂上昭一と店員の丸富福子、このふたりの捜査ももちろん進めています。天霧家との関係とかも調べてね。しかしこっちのほうも本命って気はしないんですよ」

「私も、そう思うね。もし店の人間がコップの水に毒を仕込んで持ってきたなら、最初に飲んだ時点で瑞江は倒れていたはずだ。しかし彼女が毒にやられたのは、何度も飲んだ後だった。とすれば、コップの毒は私たちの卓に置かれた後に仕込まれたということになる」

「まあ、そういうことですな。こうなってくると、瑞江が自殺でもしたとしか思えなくなるんだが……、そうだ、野上さん、毒を入れたのは瑞江自身ということはあり得ますかね？」

不意に警部が眼を輝かせた。

「瑞江が自分でコップに毒を入れて飲んだと？」

「ええ。どうです？」

私はしばらく考え込み、そして首を振った。

「それも考えにくいね。私が記憶しているかぎりでは、瑞江がそんなことをする素振りは見られなかった。まあ、手品師のように眼にもとまらぬ早業で毒を仕込んだというのなら別だが」

「そうですか……こうなると、ますます厄介だな」

警部はうんざりしたような顔つきになってきた。

「私はこのまま、警察署に留め置かれることになるのかね？」

「いや、それには及ばんでしょう。野上さんの居場所はわかっているんだし、まさか逃げ出すとも思えない」

警部はかすかに笑った。

「ただ、当分は街から出ないようにしてください。それから俺とこまめに連絡を取るようにね」

「それは、了解しているよ」

たぶん警部は、本来なら事件の最重要容疑者として警察の監視下に置かれるであろう私を、自由に活動させるためにかなりの骨折りをしてくれているのだろう。

「すまない。私のために迷惑をかけてしまって」

「何を弱気なことを言ってるんですか。天下の名探偵野上英太郎ともあろうものが」

警部はそう言うと、私の背中をどやしつけた。

「この事件は、なんとしても解決しなきゃならんのですよ。そのためにも頑張ってもらわにゃ」

「そのとおりだな」

私は自分に言い聞かせるように、

「なんとしてでも、この事件は解決しなければ……」

しかし事務所へ帰り着く頃には、私の気力はかなり失せてしまっていた。

調査中に容疑者として疑われてしまったことは、じつはそれほどこたえてはいない。若い頃、まだ石神法全と一緒に仕事をしていた時代にも経験していたからだ。あのときは有無を言わせず留置場に放り込まれ、丸二日ほど出してもらえなかった。当然のことながら石神によって無実が証明されたのだが、あのときは生きた心地がしなかったことを覚えている。それに比べれば、現状はまだましと言えるだろう。

私がへこたれかけていたのは、眼前で依頼人を殺されるという拭いようのない失態を演じてしまったせいだ。

絶命寸前の瑞江の苦悶《くもん》に満ちた表情は、時が経つにつれて深く暗い翳《かげ》となって、私の心を覆っていくような気がした。

私には彼女の死を予測することはできなかった。あのコップに毒が入っていることなど、思いつきもしなかった。だから彼女の死に何らかの責任を感じるのは、おかしな話なのかもしれない。

しかし私は、自分に責任を問わずにはいられなかった。

すでに午後十時を廻っていた。事務所の周囲もひっそりとしている。

その事務所に、明かりが灯っていた。

不審に思いながら事務所の扉を開けると、中から「おかえりなさい」という声が聞こえた。

見ると、アキが私の机を雑巾がけしていた。

「今日は遅かったのね」

雑巾を搾《しぼ》りながら、アキは言った。

「おい、こんな時間にどうしたんだ?」

私は半ば呆れながら、尋ねた。

「どうしたもこうしたも、男所帯の探偵事務所をきれいにするには、これくらいの時間がかかっちゃうのよ。ぴかぴかにしておかないと、せっかくのお客さんだって逃げちゃうでしょ」

得意げにアキは言った。が、私の顔を見て、不審そうな表情になった。

「どうしたの? なんだか疲れてるみたい」

「ああ、ちょっと……、いや、かなり疲れてしまったよ」

私は長椅子にどっかと腰を降ろした。

「しかし、こんな遅くまでいると、親御さんに心配かけないかね?」

「大丈夫、家には電話してあるから。そんなことより、どうしたの? 何かあったの?」

私はその質問にすぐ答える気力がなかった。

「悪いが、珈琲をもらえないか」

「……わかった。ちょっと待っててね」

アキはすぐにふたり分の珈琲を用意して戻ってきた。

「すまんな」

カップを受け取り、一口すする。深い香りが全身に染み渡るような気がした。

アキは自分の分のカップを手にしたまま、私を見つめている。その眼を見ていると、何も言わないでいるわけにはいかなかった。

「天霧瑞江が、殺された」

「天霧？　誰？」

「昨日、鈴木道子と名乗ってこの事務所にやってきた女性だよ」

「え？　あのひとが……殺された？　どうして？」

「それが、わからんのだよ」

私は警察で話したのと同じように、今日の経緯を話して聞かせた。

「じゃあ、野上さんが犯人だって疑われてるの？　ひどいわ、そんなのって」

アキは私の話を聞いていきりたった。

「警察ってなんて身勝手なの。今までさんざん野上さんに手伝ってもらってたくせに、今度はその恩人を犯人扱いするなんて……！」

「まあまあ」

私は憤然とするアキをなだめた。

「警察も無理矢理に嫌疑をかけているわけではないんだ。状況から判断して、私を疑うのはむしろ当然だよ」

「だって……野上さん、それでいいの？　犯人にされちゃっていいの？」

アキは私のほうに身を乗り出してきた。

「あたし、そんなの、いやよ……」

瞳が潤んでいた。

「アキ……」

彼女に手を伸ばしかけた。しかし途中でそれを引っ込めた。

「そんなに心配しなくてもいいんだよ」

私はかわりに笑ってみせた。

「高森警部だって私が犯人だなんて思ってやしないんだし、すぐにどうこうされるわけでもない。大丈夫だ」

「ほんと？」

「ああ、真犯人はきっと捕まる。いや、捕まえてみせるよ。そいつがどんな人間であるにせよ、犯人は致命的な失敗をしたのだからね」

「失敗？　どんな？」

「この野上英太郎を、本気にさせてしまったことさ」

私はわざと気取った口調で言った。

案の定、アキは笑顔を見せて、

「なあに言ってんだか。お調子者の探偵さんだわね」

笑った拍子に、アキの頰を涙が伝った。アキはあわててそれを指で拭った。

そのとき、電話が鳴った。

「なんだ？　こんな時間に」

私は受話器を取り上げた。

「はい、石神探偵事務所ですが」

――野上、英太郎様でいらっしゃいますか。

少しかすれた女の声だった。

「はい、野上ですが」

――夜分に恐れ入ります。わたくし、天霧和馬の代理の者でございます。

「天霧……和馬……」

意外な名前だった。

――天霧は、ご存じでいらっしゃいますわね？

「はい、存じております。それで、どのようなご用件でしょうか」

——天霧からの伝言をお伝えします。明朝九時、拙宅においで願いたいとのことです。よろしゅうございますか。

「天霧さんのお宅にですか。しかしなぜ？」

——用件につきましては、天霧が直接お話しいたします。おいで願えますね？

私が断ることなど想像もしていないような口調だった。

もちろん、こちらとしても断る理由はない。

「わかりました。伺いましょう」

——ありがとうございます。では明朝。

伝えるべきことだけ告げると、電話は切れた。

「どうしたの？」

アキが訊いた。

「私の周辺が、妙に騒がしくなってきたようだ。天霧瑞江の父親が会いたいそうだ」

「まあ……」

アキは眼を丸くした。

「行くの？　もしかして向こうは野上さんのこと……」

「私を娘の敵と思っているかもしれないね」

私はさして気にとめていないといった風を装いながら、

「とにかく財界の大立者《おおだてもの》から直々のご招待だ。お受けしないわけにはいくまい。できれば私も彼に会ってみたいと思っていたしね。渡りに船というやつだ」

「野上さん……」

「そんなに心配そうな顔をするんじゃない。私は大丈夫さ。まさか相手も、私を獲って食おうというわけでもあるまい」

アキにはこれ以上心配をかけたくなかった。だから気軽な調子で、そう言ったのだった。

だが言葉とは裏腹に、私の心は冷えていた。

天霧和馬の目論見がまるでわからない以上、明日の訪問は予断を許さぬものになりそうだった。

和馬の権力をもってすれば、しがない私立探偵など本当に獲って食われかねないのだ。

第八章　天霧家の女

翌朝、半ば寝ぼけた頭で朝食をふたり分作ってしまった。

その上ジャンヌのために猫餌の缶詰まで開けてしまったのだった。

自分の失敗に気づいたのは、用意をすべて終えて食卓についたときだった。

「……しようがないな」

私は自嘲しながら、さして食欲が湧かないのを無理矢理詰め込むようにして朝食を取った。

俊介たちも、今頃は朝食を取っているだろう。飯盒《はんごう》でご飯を炊き、焚《た》き火にかけた鍋《なべ》で味噌汁《みそしる》を煮て……いや、久野君の別荘なら、きちんとした調理場が用意されているかもしれない。いずれにせよ、みんなで騒ぎながら食事の準備をしているだろう。

そんなことを考えていると、こうしてひとりで朝飯を食べているのが、妙に味気なく感じられてきた。

私は気を取り直して食事を終え、車で天霧邸に向かった。

街の中心から少し離れた所にある、閑静な住宅街。ここに建っているのは、どれも大きな邸宅ばかりだ。以前、月光亭の事件で訪れた豊川邸も、ここにある。

天霧邸はこの住宅街のほぼ中央で、ひときわ威容を誇っていた。白壁の築地塀《ついじべい》に取り囲まれたその屋敷は、むしろ小さな城塞《じょうさい》と言ったほうが似つかわしい雰囲気を持っている。

重々しい鉄の門をくぐると、いかめしい顔つきの老人に案内されて見事に整えられた庭を通り、白い漆喰《しっくい》の壁と黒い屋根瓦《がわら》で造られた屋敷に迎え入れられた。朝から陽射しが強くて蒸し暑さを感じていたのだが、屋敷の中に入るとひんやりとした空気が流れているような錯覚を覚えた。この屋敷全体がある種の冷たさに覆われているような、そんな気がする。屋敷の中も昔の武家屋敷のような造りになっているが、建物自体はそれほど古い物ではないようだ。

十畳ほどの客間に通された。紫檀《したん》の卓の向こうには床の間があり、朝顔を描いた掛け軸がかかっていた。その下には青磁の壺《つぼ》が置かれている。素人眼にも、このふたつがそれなりに価値のある物であることは見て取れた。

部屋の右手は庭に面している。屋敷に入ってきたときに感じたよりも、ずっと大きな庭で、しかも手入れが行き届いていた。凝った意匠の築山《つきやま》に石燈籠《いしどうろう》、ほぼ真横に枝を走らせた松に緑の葉を繁らせた楓《かえで》。毎日のように手を入れていないとこれだけの庭を保たせることはできないだろう。

庭をぼんやりと眺めていると、築山の向こうから白い日傘が近づいてくるのが見えた。それは白地に淡い藍色の矢絣《やがすり》を着た、三十歳前後の女性だった。華奢《きゃしゃ》に感じられるほどほっそりした体つきで、物腰もどことなく儚《はかな》げな印象がある。傘が落とす影が女の顔に虚ろな表情を投げかけている。

その女性の顔を眼にしたとき、私は奇妙な感覚に襲われた。既視感とでも言うのだろうか、どこかで見かけたような、しかしそれが思い出せないもどかしさのようなものだ。女は私が見ていることなどまるで気づいていない様子で庭を横切り、やがて視界の外に消えた。

真夏の陽射しの下に現われたその姿は、まるで蜃気楼《しんきろう》のように非現実的な、しかしそれゆえに強い印象を与えて、去っていった。

夢から醒《さ》めたような気分で、そのまましばらく待っていると、左側の襖《ふすま》が開いて和服姿の男が入ってきた。

美髯将軍という異名は伊達《だて》ではなかった。こうして眼の前にすると、圧倒されるばかりの威圧感がある。ただ以前に見かけたときより、ずっと痩《や》せてしまったような感じだった。

「待たせたな。俺が天霧和馬だ」

声の張りも、少し薄れてしまったような印象を受ける。

「はじめまして、野上英太郎です」

私は座蒲団《ざぶとん》を外して、一礼した。

和馬は床の間を背にして大儀そうに座ると、

「君は石神法全の後継者だそうだな」

「はい、石神をご存じですか」

「直接仕事を依頼したことはなかったが、助言をもらったことは何度かある。頭のいい探偵だったな。君は石神法全より賢いのか」

単刀直入、というより無遠慮な質問だった。

「……私はまだ、石神法全の足下にも及ばない人間です。ただ石神探偵事務所の看板を汚さぬように努力している次第でして」

「それは本心か、それとも謙遜《けんそん》か」

和馬は私を値踏みするような眼つきで見ていた。

「俺はへりくだる奴は好かん。自分の力量に自信が持てぬ人間は、必要以上に謙遜して自分の実力を糊塗《こと》しようとする。自分には力がないと言いわけする奴に、いい仕事ができるわけがない。君もその口なのだな」

「あなたが石神法全を探偵の基準としてお考えなら、おっしゃるとおりです」

私は言った。

「石神法全は、世界屈指の名探偵でした。彼と肩を並べられる才能の持ち主は、おそらく数えるほどしかいないでしょう。しかし私は、ありふれた人間です。そうであることを隠す気もありませんし、恥じてもおりません。ただ自分のするべき仕事を精一杯やる。やり遂げる。それだけを信条にしております。大言壮語で自分を飾るよりは、いくらかはましだと思っていますのでね」

私は和馬の鋭い眼力を跳ね返すように、見返した。

「面白い」

和馬が髯を歪ませて笑った。

「たしかに石神法全ほどの鋭さはないようだが、胆力だけは据わっておるようだ。面白い。じつに面白い」

和馬はひとりで愉快がっていた。私はなんだか狐《きつね》につままれたような気分だった。

と、襖が開いてひとりの女性が盆を持って入ってきた。

「遅いぞ」

和馬が叱咤《しった》すると、女性は盆を置いて三つ指をつき、

「申しわけございませんでした」

深々と頭を下げた。

それは、先程庭で見かけた矢絣の女性だった。

彼女が顔を上げたとき、私はふたたびあの奇妙な感覚に襲われた。

面長な顔の形、細く描かれた眉、切れ長の眼、小さな口、そして襟元から覗くほっそりとした項《うなじ》。戦前の美人画にでも出てきそうな、気品のある色香を漂わせた女性だった。

だが私は、彼女を見ていると落ち着かない気持ちになってきた。何かが心の奥底で囁《ささや》いているような、そんな気がするのだ。

女性は和馬と私の前に湯飲みを置くと、もう一度一礼して部屋を出て行こうとした。

「待て、おまえもここにいろ」

和馬が命じた。女性は一瞬躊躇するような素振りを見せたが、すぐに表情を隠し、和馬の側に正座した。

和馬はその女性の白い手をつかむと、自分のほうに引き寄せた。女は和馬にしなだれるような格好になった。

「これは夏目由紀子と言ってな、俺の妾だ」

和馬はまるで自分の愛玩犬《あいがん》を紹介するかのような口調で、言った。

「はあ……どうも」

さすがに私も、返す言葉がなかった。

「俺の縁者はみな、由紀子を憎んでおる。こいつが俺の財産を横取りして、自分たちの取り分が減ると思っているようでな。浅はかな奴らだ。こいつにそんな甲斐性《かいしょう》があると思っておるのだからな」

由紀子は和馬にされるまま、言われるままになっていた。表情ひとつ変えはしない。その姿は、生気のない人形を思わせた。私はなぜか悪寒を感じた。

「私をお呼びになった理由について、まだ聞かされておりませんが」

この場から立ち去りたい衝動をこらえて、話題を変えた。

「理由か。理由はふたつある」

和馬は興味をなくした玩具のように由紀子の手を放すと、私に向かって言った。

「ひとつ目は質問だ。ずばり尋ねる。君は俺の娘を、瑞江を殺したのか」

「いいえ」

私は相手の眼を見据えながら、答えた。

「本当だな？」

「本当です。私はやっていません」

「……なるほど、わかった。ではふたつ目は仕事の依頼だ。瑞江を殺した奴を見つけてくれ」

「は？」

意表を衝《つ》かれ、私は間抜けた声をあげてしまった。

「聞こえなかったのか。娘を殺した犯人を見つけろと言ったのだ」

「……しかし、それは警察がやっていることですが……」

「警察など、当てにできるか。どいつもこいつも税金を食いつぶすことしか能のない、役立たずどもだ。あいつらに任せていたら、捕える前に犯人が老衰で死んでしまうだろう。それに俺は、自分の力で犯人を見つけたい。だから君に依頼するわけだ」

「つまり、あなたの手足がわりになって、犯人を捜せと、こういうことですな」

「そのとおりだ。俺の手足はこの街を組み上げたり崩したりすることに忙しくてな、とてもではないがそちらに手を廻している余裕はない。だからこそ、信頼のおける人間に代行してもらいたいわけだ。やってくれるだろうな？」

　相手が承諾することを疑ってもいない態度だった。

「こちらからも、ひとつ質問があります」

　私は答えるかわりに言った。

「私が依頼を受けて犯人を見つけ出したとして、どうされるおつもりですか。警察に告発を？」

「そんなことをするつもりなら、わざわざ民間の探偵に頼むわけがないだろう。まあ、事と次第によってはそうしないともかぎらんがな」

　和馬はそう言って茶を飲み、顔をしかめた。

「ぬるいぞ」

「申しわけありません」

由紀子は頭を下げながら、消え入りそうな低い声で言った。

「まったく、茶ひとつまともに淹《い》れられんのか。愚図めが」

「はい、申しわけありません……」

由紀子は和馬の叱責に、ただただ詫《わ》びるばかりだった。

「つまり天霧さんは、犯人を警察の手に渡したくないと。そのために私を雇おうとお考えなのですね?」

由紀子がいたぶられるのを見るに忍びなくて、和馬の注意をこちらに向けさせた。

「呑《の》み込みが早いな」

和馬は私のほうを見て、かすかに微笑んだ。

「そういうことだ。やってくれるな」

「せっかくのお申し出ですが、お断りします」

私はきっぱりと言った。

「探偵はもちろん、依頼者の権利を第一に考えねばなりませんが、それはあくまで法律の範囲内でのことです。最初から法を犯すことを前提とした依頼を受けるわけにはいきません」

「ほう……」

和馬は片方の眉を上げた。私への興味と不快感が相半ばしたような表情だった。

「俺の依頼を断るというのか。天霧和馬が直々に頼んだことを。この街では俺から仕事をもらおうと這《は》いつくばってる奴が山ほどいるというのに。俺の機嫌を損ねまいと汲々《きゅうきゅう》としておる奴らは、それ以上にいるというのに。君は一介の私立探偵の分際で、俺の仕事を蹴ってこの事件から手を引くと言うのか」

「手を引くとは言いませんよ。私は瑞江さんの事件が解決するまで徹底的に追いかけるつもりです。私にはそうする責任がありますから」

「責任？」

「瑞江さんは私と会っている最中に毒殺されました。どうやって毒を盛られたのかはまだわかりませんが、彼女が私の眼の前で亡くなったことは事実です。私は瑞江さんの死を防ぐことができなかった。だからせめて、犯人を見つけ出したいのです」

「それなら俺の依頼を受けて仕事をしたほうが、いいではないか。結果は同じなのだし、俺からの依頼料をせしめることだってできるんだぞ」

「目的が違います。私はあくまで犯人を司直の手に委ねたいのです。法に則って裁きを受けさせたいのです。しかし天霧さんは、必ずしもそうお考えではないようだ」

「たしかにそのとおりだ。しかし君も頑固な男だな」

和馬は薄く笑った。

「自分の矜持《きょうじ》にこだわって、俺を敵に廻すような真似をするとはな。探偵事務所を店じまいせねばならんようにでもなったら、石神法全に何と言って詫びをするつもりだ？」

「石神には不肖の弟子を持つことしかできなかったと、諦《あきら》めてもらうしかありませんな」

私が言うと、和馬の薄笑いはやがて哄笑《こうしょう》へと変わっていった。

「面白い、君は本当に面白い人間だ」

ひとしきり笑ってから、和馬は言った。

「探偵にしておくのはもったいないな。うちで働かせたいくらいだ。なあ由紀子、そうは思わんか」

問い掛けられた由紀子は、返事をしなかった。ただ虚ろな視線を私のほうに投げかけただけだった。

その眼を見たとき、私はまた例の奇妙な感覚を覚えた。そして、今度はその理由に思い至った。

由紀子は鈴木峰の家から瑞江が持ち出した写真に写っていた少年に、面差しが似ているのだ。

「もうひとつ、訊きたいことができた」

私がその発見の意味をよく考えようとする間もなく、和馬が言った。

「君は法律を唯一の規範としておるのか。何が何でも法は曲げられんと信じておるのか」

「基本的には、そのとおりです。法が人を守るものである以上、人も法を守らねばならないと思います。しかし法律だけを金科玉条としているわけではありません。ときには法と対立してでも守らねばならないものがあると思っております」

「それは、何だ？」

「一口では言いにくいのですが、自分自身の中にある倫理、あるいは信念といったものです。内なる声とでも呼べばいいでしょうか。それは数十年生きてきた間に培われてきた、自分が自分であるために最低限守らねばならないものです」

「その内なる声が告げれば、君は法を破るのかね？」

「対立することになるかもしれません。もちろん、そのために負わされるべき責任も受容する覚悟が必要ですが」

和馬は私の言葉を吟味しているようだったが、不意に頷くと、

「よし、わかった。君をあらためて探偵として雇おう」

「え？」

和馬の言っていることが、よくわからなかった。

「私はご依頼をお断りしたはずですが……」

「君が俺に束縛されるつもりがないというなら、それでいい。自由に捜査をしてくれ。と

にかく瑞江を殺した犯人を見つけるんだ。俺の依頼はそれだけで、犯人の扱いをどうするかは、君に一任しよう。それなら呑んでくれるだろうな?」

「はあ……それなら結構ですが……しかし、よくわかりませんな。どうしてそうまでして、私に瑞江さん殺しの犯人を突きとめさせたいのですか」

「面白そうだからだ」

和馬は臆面《おくめん》もなく答えた。

「俺は俺の言うことを何でも聞く奴が好きだ。こいつのようにな」

和馬は由紀子を顎《あご》で示して、

「だが本当に好きなのは、俺に歯向かってくる奴だ。そういう奴が出てくると、俺は嬉《うれ》しくなる。ぶっ潰《つぶ》してやりたいと思う反面、一体どれだけのことができるのか試してみたくもなる。口だけなのかそうでないのか、手並みを見てみたくなるんだ。もちろん俺の財産や地位を脅かすような存在なら、そんな悠長なことを言ってはおられん。持てる力を使って相手を叩き潰す。しかし今回は、そうではない。結果がどうであろうと、俺にはたいした問題ではないだろうからな」

自分の娘を殺した犯人を見つけることが「たいした問題ではない」と言い切る和馬には、いささか呆れてしまった。

「しかし、それはどうでしょうかね。ご令嬢が殺されたとなれば、それだけでも醜聞になるでしょうし……」

「醜聞だと？　そんなもの、俺にどんな傷をつけるというのだ？　堂々と妾を連れ歩いておる人間に、醜聞などありはせん」

和馬は泰然自若としていた。言われてみれば、そうかもしれない。

「とにかくだ、君には瑞江殺しの犯人を捜してもらう。そのための依頼費は払う。異議はないな？」

「そうですねえ……」

私は考えた。

もともと個人的にもこの事件を追いかけるつもりだったのだから、いまさら仕事として引き受ける必要もないのだが、天霧和馬の依頼という形になれば、何かと動きやすいだろう。たとえば天霧家内部での捜査も容易《たやす》くなるはずだ。これは今後の捜査にぜひとも必要なものだ。

もちろん、途中で和馬からの干渉を受ける不安は消えていなかった。ああは言っても自分に不利益を蒙《こうむ》るような結果になれば、和馬も犯人秘匿に走るかもしれないのだ。しかし、そのことはあまり気にしないでいいと判断した。干渉などきっぱりとはねつければいい。いざとなったら事務所を畳む覚悟をしておくだけのことだ。和馬に言ったとおり、それだけの覚悟なしで石神探偵事務所の看板を引き継ぐことなど、できないのだ。

そう思った次の瞬間、俊介とジャンヌの姿がふと脳裏に浮かんだ。私はともかく、彼らにも迷惑をかけることになるかもしれないと思うと、いささか気概が削がれそうだった。だが、と思い直す。俊介もきっとわかってくれるだろう。

「お受けいたしましょう」

私は言った。

「そうか」

和馬は髯を撫《な》でながら頷いた。

「頼むぞ」

「わかりました。では早速、仕事に取りかからせていただいてよろしいでしょうか。天霧さんにお尋ねしたいことがあるのですが」

「どんなことだ?」

「瑞江さんが殺害されたことに関して、犯人などについての心当たりはありませんか」

「ないな」

和馬はあっさりと答えた。

「瑞江がふだん誰とつきあっておったかとか、誰かに恨みを持たれてはいなかったかとか、そういうことは俺には一切わからん。同じ家に住んでおっても、あいつとは一日中顔を合わせんことが多くてな。警察にも訊かれたんだが、まるで心当たりはない」

「そうですか。では……こんなことを申してはお気を悪くされるかもしれませんが、瑞江さんが自殺したという可能性は、ありませんでしょうか」

「それも警察に訊かれたな。まるで示し合わせたように同じ質問をしよる」

和馬は苦笑しながら、

「だが、それについても心当たりなしだ。俺の見るところ、瑞江と自殺とはまるで縁がない。他人を犠牲にしても自分が生き延びようとすることはあるだろうが、世をはかなむなどという繊細な神経は持ち合わせておらんかったな」

実の娘に対してずいぶんと辛辣《しんらつ》な評価をするものだ、と私は内心驚いていた。

「瑞江さんは、そういうひとだったんですか」

「ああ、俺の他の親族同様、欲の皮が突っ張った小悪党だ。俺の金で由紀子が食べていることさえ、我慢ならなかったらしい。そんなに大飯食らいでもないのだがな」

そう言うと和馬は、面白い冗談でも言ったかのように笑った。

「とにかく、俺に似ず物事に細かい奴だった。子供の頃から部屋もきちんと片づけないと気がすまないようだったし、何もかも順番どおりやりたがる性格だった。時間にもうるさくて、薬もいちいち時計で時間を確かめながら飲んでおった。そういう几帳面なところがあったから、俺が妾なんかを連れ込んだことも、あいつには我慢ならんことだったろうな」

「なるほど……では、今度は夏目さんにお伺いしたいのですが」

私が眼を向けると、由紀子はそっと顔を上げた。

本当に生気のない顔だった。美しく整っているだけに、その姿は悲惨ささえ感じさせてしまう。

「由紀子に何を訊くつもりだか知らんが、無駄だぞ。こいつには自分の意志というものが、ないのだからな」

和馬は半ば蔑《さげす》むような口調で言った。由紀子はその言葉にも反応しなかった。

「夏目さんは、どちらのご出身ですか」

問いかけても、由紀子はすぐに答えようとはしなかった。私の言葉が体に染み込んでいくのをじっと待っているかのように、表情も変えないまま黙りこくっている。

「夏目さん……」

「無駄だと言っただろうが」

和馬が口を挟んだ。

「この女は、記憶を失っておるのだ」

「記憶を……？」

「ああ、自分の生まれた所も名前も、親の顔さえ思い出せんのだ。夏目由紀子という名も、俺がつけてやったんだ」

「それは、どうも……。知らぬこととはいえ、失礼しました」

私は由紀子に頭を下げた。やはり反応はない。わずかに潤んだような瞳で、ここではないどこかを見つめているようだった。

私は質問の矛先を和馬に戻した。

「天霧さんは、夏目さんとどうやって知り合われたのですか」

「橋の袂《たもと》で拾ってきた」

和馬はそっけなく言った。

「冗談ではないぞ。本当のことだ。奈良に遊びに行ったときに、記憶を失ったまま橋の近くで倒れていたこいつを見つけたのだ。そのまま病院に運び込んで治療をしてもらったが、とうとう記憶は戻らなかった。それで俺が引き取ることにしたわけだ」

「身許を証明するようなものは、何も持っていなかったのですか」

「あれば、とっくに身許が知れていよう」

和馬は小馬鹿にしたように言った。

「たしかにね。ところで、それはいつのことですか」

「そうだな……もう十年以上も前の話だ」

「十年以上……」

すると彼女は、そんなにも長い間自分が何者であるかを知らず、和馬の庇護《ひご》下にあったわけか。

私は由紀子という女性が漂わせている儚《はかな》さの理由が、やっとわかってきたような気がした。

「あなたは、本当に何も思い出せないのですか」

私がゆっくりと尋ねると、由紀子はしばらくしてからかすかに首を振った。

「あなたには家族が、両親や兄弟姉妹がいたはずなんです。ほんのかけらでもいい、思い出すことはありませんか」

「……申しわけありません……」

彼女の口からは「申しわけありません」以外の言葉は決して洩れてこない。

「これ以上、何を訊いても無駄だ」

和馬がいささか業を煮やしたように遮った。

「君に頼んだのは瑞江殺しの犯人捜しだ。由紀子の過去を詮索《せんさく》することではない。勘違いするな」

「……失礼しました」

私は引き下がることにした。この場合、和馬の言葉のほうが正しい。由紀子の過去を探ることは、私の仕事ではないのだ。

由紀子は、じっと座ったままだった。ほとんど身動きもせず、呼吸もしていないかのように静かに、佇《たたず》んでいる。
それは、なぜか心に引っかかる光景だった。

第九章　錯綜する欲望

「すみませんが」

　天霧邸を辞去して車に戻ろうとしたとき、背後から声をかけられた。

　ふりかえると、この和風の屋敷にはあまり似つかわしくない背広姿の男が立っていた。髪をきれいに撫《な》でつけ、背筋もしゃんとしている。縁なし眼鏡の奥の眼差しは、事務処理能力に長《た》けた官吏といった印象を彼に与えていた。

「野上様でいらっしゃいますね？」

「はあ、そうですが」

「私、天霧和馬の秘書を務めさせていただいております、草野鉄也《くさのてつや》と申します。いきなりお呼びとめして申しわけありません」

「天霧さんの……何かまだ、天霧さんとの話が残っていましたかね？」

「いえ、そうではありません」

　草野は友好的な態度を示そうとしているのか、笑顔を見せていた。顔の筋肉を作法どおりに収縮させて作った、というような感じの笑顔だった。

「じつは個人的に野上様とお話をしたく思いまして」

「個人的に？」

「天霧和馬の秘書という立場ではなく、という意味です。よろしいでしょうか」

草野の物腰はあくまで丁寧だったが、そこにはどうも作り物めいたぎごちなさが感じられた。

「よろしいですよ」

私は言った。草野という人物にあまり好感は持てなかったが、わざわざ主人のいないところで接触しようというやり方に興味を感じたのだ。

ひょっとしたら、何かを知っているのかもしれない。

「ありがとうございます。では、こちらへ」

草野はさっさと歩き出す。私は彼の後をついていった。

天霧邸と道路を挟んだ隣の区画に、このあたりにしては小さな家が建っていた。まだ新しいようだったが、周囲の邸宅が威容を競っている中では、いささかみすぼらしく感じられてしまう。

その家の門には「草野」という表札が掛かっていた。

「あなたのお宅ですか」

「はい、父から譲り受けた土地に、私が新しく家を建てました」

草野は訊きもしないことまで言った。自分が建てた家であることを、強調したかったのかもしれない。

「天霧さんのすぐ隣にお父さんが土地を持っていたというのも、奇遇ですね」

「奇遇ではありません。私の父も天霧家の秘書を務めておりました。父が仕えたのは先代の天霧寅吉様でしたが」

天霧寅吉というのは和馬の父親の名前だ。

「先代は秘書を自宅に住まわせるのを好みませんでした。しかし何か事があれば、すぐにでも呼び出したい。それでこのような場所に土地を与えて住まわせたわけです」

草野の口調はいたって淡々としていた。しかし私は、彼の言葉の中にかすかな棘《とげ》を、自分の雇い主である天霧家と彼の父親への屈折した思いを感じた。

家に入ると、応接間に通された。洋風でそれなりに調度も整えられていたが、天霧邸の客間に比べるとやはり小さく感じられた。

「天霧会長の依頼をお受けになったようですね」

ソファに腰を降ろすと、向かいに座った草野がさっそく話を始めた。

「ええ」

「では、あなたは天霧瑞江さん殺害の件については無関係と考えてよろしいのですね？」

「犯人でもないし共犯者でもありません。そういう意味では無関係です」

「なるほど」

草野は頷《うなず》くと、胸の前で両手の指を組んだまま、

「いきなりこのような不躾《ぶしつけ》な質問をされて、当惑されたかもしれません。そうでしたら、お詫《わ》びいたします。また会長に隠すような形であなたとお会いしようとしていることにも不審を抱かれているかもしれませんが、私にはそうしなければならない理由があるのです。じつは、私は瑞江さんと……愛し合っておりました」

彼としては精一杯の感情を籠《こ》めたつもりなのだろう。眉間《みけん》に縦皺《じわ》が寄せられ、声は若干震えていた。しかしそれさえも、演技っぽい印象は否めなかった。

「このことは、会長にも秘密のことでした。ご自分の娘が私のような使用人とそのような関係になっていると知れば、当然ただではすみませんから」

「……なるほど、そうかもしれませんな……」

私は曖昧《あいまい》に答えておいた。

「しかし私たちは真剣でした。なんとか会長に理解していただけるように努力して、ゆくゆくはふたりの結婚を認めてもらいたいと願っていました。それも今は、かなわぬ夢となってしまいましたが」

「ご愁傷様です」

「いえ……。ところで、瑞江さんを殺した犯人について、もう目星はついているのでしょうか」

「いえ、まだ警察でもそこまでわかってはいないようです」

「野上様の考えはいかがですか」

「私のほうも、まだまだ五里霧中といったところですね。なにしろ手がかりらしいものがありませんから。草野さん、もしよろしければ捜査にご協力いただけませんか」

「もちろんですとも。私が野上様をお呼び立てしたのも、じつはそのためだったのですから」

草野は身を乗り出すようにして言った。

「というと、犯人に心当たりがあるのですか」

「あります。犯人はあの女狐《めぎつね》ですよ」

彼は断定するように言った。

「野上様もご覧になったでしょう。会長に取り入っているあの女を」

「夏目由紀子さんのことでしょうか」

「ええ、瑞江さんはあの女が会長を籠絡《ろうらく》して、天霧家の財産を乗っ取ろうと企んでいるのだと考えていました」

草野は憤懣《ふんまん》やるかたないといった表情を見せた。

「彼女は、それを阻止しようとしていました。そのことを知ったあの女が、逆に瑞江さんを殺してしまったのです。こんな酷《ひど》い話はありません。私は腹が立ってしかたないのですよ。会長さえあんな女に眼を眩《くら》まされなければ、こんなことにはならなかったのにと思うと……」

彼の嘆きの声も、私には妙に空々しく聞こえた。

「おっしゃることはわかりました。しかし何か確たる証拠のようなものはあるんでしょうか。彼女が瑞江さんを殺した証拠とか、彼女が間違いなく天霧家の財産を横取りするつもりであると証明できるものが」

「あります。じつはですね……」

この部屋にはふたりしかいないのに、草野はあたりを憚《はばか》るようにして言った。

「あの女、先日会長を殺害しようとしたのですよ」

「それは……天霧さんの頭上に二階の露台から鉢植えが落ちてきたという、あの件ですか」

「ご存じでしたか」

草野はいささか拍子抜けしたような表情を見せた。

「警察で話を聞いたのですよ。しかしあの件は、警察のほうでも事件としては扱わないつもりでいるようですが」

「女狐にたぶらかされた会長が、そうなるよう警察に手配をしたからです」

和馬が警察に手を廻したというその指摘は、たぶん事実だろう。そこに由紀子の意思があったかどうかはわからないが。

「しかしですね、天霧さんの話によると、夏目さんが天霧さんを殺すなんてことは考えられないそうですよ。瑞江さんは遺産目当てだと言われていたようですが、万が一天霧さんが亡くなっても、夏目さんに遺産が入ることにはなっていないということですし、天霧さんがいなくなったら彼女は屋敷を追い出され、行くところがなくなってしまうわけですから」

「たしかに遺産目当てという目的ではないでしょう。その点では瑞江さんの見方は間違っていました。しかし会長が亡くなることによって、あの女が利益をまったく受けないわけではないのです。いや、大きな利点があります」

「それは、どういう?」

「自由ですよ。彼女は会長の軛《くびき》から逃れて自由の身になれるのです。こう申してはなんですが、会長はあの女を籠《かご》の鳥扱いしておられます。女の気持ちなど無視して、自由を完全に奪っているのです。彼女がそれを重荷に感じ、あそこから逃れたい一心で会長を殺そうとしたとしても、少しもおかしくはないのです」

草野の口調は自信ありげだった。しかし私には、彼の論理はいささか牽強《けんきょう》付会に感じられた。

「そんなに天霧さんの許にいるのがいやなら、自分から出て行けばいいことではないですか。何も殺さずとも……」

「失礼ですが、野上様は本当にあの女にお会いになったのですか」

「会いましたよ、もちろん」

「では、あの女に会長の命に背くだけの意志があるかどうか、おわかりになりませんか。そんなものはかけらもないと断言できますよ。自分の意見を言うなどということは、彼女には無理な相談です。ましてや会長のように強引な人間を前にしては。だからこそよけいに、彼女の思いは心の中で大きく膨らんで、歪んでいくわけです。大恩ある会長の命を奪ってでも、と思いつめるほどにね」

草野はすらすらと自分の意見を述べた。どうやら彼の頭の中では、誤謬《ごびゅう》なく出来上がっている論理らしい。しかし私には、和馬を殺そうとするくらいなら、逃げ出したほうがずっと楽なように思えてならなかった。

だがその点で草野と議論する気はなかった。話すべきことは、他にある。

「天霧さんにはそのことをお話ししたのですか」

「それとなく申しました。しかし一笑に付されてしまいましたよ。由紀子は自分の運命を受け入れることで生き延びている人間だ。もしその運命から逃れたいと思ったなら、俺を殺さずに自分を抹殺するだろうよ、と言われまして」

「ふむ……」

和馬の意見もまた、強引なものだった。どちらも由紀子という女性を好き勝手に解釈しているだけのような気がして、気分がよくなかった。

「とにかく今回の事件は、あの女が一枚噛《か》んでいるに違いありません。そのことをよくお含みおいていただきたいのです」

「つまりあなたは、夏目さんを瑞江さん殺しの犯人として告発されるわけですか」

「そうは申しておりません。証拠がありませんのでね」

草野の眼に狡猾《こうかつ》な光が浮かんだ。

「ただ私は、その可能性が非常に高いのではないかと思っているわけです」

なかなかに食えない人物だ、と思った。

「わかりました。ひとつのご意見として承っておきましょう。ところでお伺いしたいことがあるのですが。瑞江さんが私に調査を依頼されたことは、ご存じだったのですか」

「もちろんです。野上様にお願いするのが一番であろうと言ったのは、私でしたから。この街きっての名探偵でいらっしゃいますからね」

草野は私をおだてようとしているようだった。

「恐縮です」

私は一応恐縮してみせた。

「では当然のことながら、依頼の内容もご存じなのですね。しかしどうして、瑞江さんはご自分の素性を偽ったのですか」

「その点については、申しわけなく思っております。しかし事が事だけに、できるだけ内密に行いたかったのです。できうれば天霧の家のことには一切触れないように」

「よくわかりませんな。瑞江さんは鈴木政秀さんの一周忌にも素性を偽って現われ、黙って写真を盗んだのでしょう。そうまでしてなぜ、あの写真に写っている人物の素性を知りたかったのですか」

「もう、そこまでご存じでしたか。さすがですね」

草野はおもねるように言った。

「瑞江さんが鈴木政秀の一周忌に行ったのは、ちょっとした感傷のせいでした」

「感傷？」

「はい、じつは鈴木政秀は、瑞江さんの初恋の相手だったのです。と言っても今から十年以上も昔の話なのですがね。彼は瑞江さんの兄の敬一《けいいち》さんの友人で、ときどき天霧の家にもやって来ていたのです。それで瑞江さんと知り合いになり、一時期交際をしていました。しかし長くは続かなかったようです。鈴木という人物は素行などにいろいろと問題がありまして、ときどき敬一さんとよからぬことをしていたようでして、そんなことから瑞江さんが愛想をつかしましてね」

「なるほど、そんなことがあったのですか」

「ええ、それ以来お互いに会うこともなかったので、幼馴染《なじ》みから偶然に聞くまで、彼が事故死したことを知らなかったのです。ところが近く一周忌があるという話をそのときに聞いて、急に当時を懐かしく思い出したのでしょう、鈴木家に行ってみる気になったのです。しかし瑞江さんは、天霧の名前を出したくありませんでした。どこで誰に聞かれるかわかりませんのでね。それで名を偽って参列したわけです」

「偽名を使われるのが、お好きなかただったようですね」

口にしてからそれが皮肉に聞こえることに気づいた。案の定、草野は渋い顔になって、

「たしかに褒められたことではないかもしれませんが、故人に対してそういう言いかたは慎んでいただきたいですね」

「いや、申しわけありません」

私はとりあえず謝っておいた。

「しかし、鈴木家からあの写真を盗んできたのは、やはり咎《とが》められるべきことではありませんかね？」

「それは、そのとおりです。だが瑞江さんにはやむにやまれぬ事情がありました。野上様も、あの写真をご覧になりましたね？」

「ええ」

「でしたら、そのことをご理解いただけると思います。あの写真で鈴木政秀の隣に写っていた少年の顔を見ているのですから」

「どういう意味ですかな？」

「そっくりでしょうが、あの女に」

草野はわかりきったことを訊くな、といった口調で、

「あの写真の少年と夏目由紀子の間には何らかの関係があるのではないか。瑞江さんは写真を見た瞬間にそう感じたそうです。あの女は自分を記憶喪失だと言っていますが、本当にそうなのかわかったものじゃありません。彼女の化けの皮を剝《は》ぐには、その素性を明らかにするのが一番です。しかし政秀の母親は、その少年の素性を知りませんでした。ですから瑞江さんは写真をそっと剝ぎ取り、野上様に調査を依頼したわけです」

「なるほど……」

これで瑞江の奇妙な行動の意味が、なんとなく理解できた。

「それで野上様、あの写真の少年の素性はわかったのですか」

草野はいくぶん身を乗り出すようにして、尋ねてきた。どうやらこれが、彼の一番知りたかったことであるらしい。

「申しわけありませんが、今のところはまだ、わかりかねます」

私は言った。大塚先生のところでつかんだ手がかりのことを、彼に話す気にはなれなかった。

「しかし瑞江さんには、それらしい人物を見つけたと、おっしゃっていたそうですが」

草野は食い下がってくる。

「それはですね、瑞江さんに直接会うための口実だったのですよ。調査の途中で彼女が鈴木政秀さんの奥さんではないということがわかったので、本当のことを訊きたいと思いまして」

「それでは、あなたは依頼人を騙したわけですか」

草野の表情が強ばった。

「天下の名探偵ともあろうひとが、なんてことを――」

「依頼人に嘘をつかれては、こちらもまともな仕事ができませんのでね」

私は皮肉で返した。草野は言葉に詰まったように、黙り込んだ。

「とにかく、これからはお互い、正直におつきあいしませんか。騙し合いは、なしにしてね」

「……そう、そのとおりですな」

草野は頬を若干赤くしながら、頷いた。

第十章　誘惑と脅迫

草野の家を出て、今度こそまっすぐに事務所に戻るつもりだった。どうも天霧家周辺では欲望が綾《あや》のように錯綜《さくそう》していて、見通しがよくない。一度この家の磁場から離れて、一息つきたかったのだ。

しかし自分の車の前に戻ってきたとき、そう簡単には帰らせてもらえないことがわかった。

車の扉を塞《ふさ》ぐようにして、女がひとり立っていた。肩を剥き出しにした赤い服に、麦藁《むぎわら》で編んだ同じ色の帽子をかぶっている。年の頃は四十歳前後だろうか。いくらか肉感的な物腰に濃いめの化粧が、こうした陽射しの強い戸外よりは夜の照明の下のほうが似つかわしい雰囲気を漂わせていた。

私が車の前に立っても、その女性は動こうとしなかった。妙に艶を含んだ瞳で、私を見つめている。

「失礼、自分の車に乗りたいのですが」

無駄を承知で言ってみた。

「あなたの車？　これが？」

さも意外なことを聞いたかのような声だった。

「そうです。何かご不審な点でも？」

「いえ、とんでもない。ただあなたみたいな素敵なかたが乗っていらっしゃる車にしては、少しばかり古すぎますわね。まだ走っているのが不思議なくらい」

「まだまだ立派に現役ですよ。私と同じでね」

「そうなの？　素敵ね。じゃあわたしも、この車の乗り心地を試させてもらおうかしら」

「いずれ、そのうちに」

私はそう言って、車の扉に手をかけた。と、女の手がそれを制するようにかぶさってきた。

「あなた、瑞江が死んだときに一緒にいた探偵さんね？」

「そうかもしれないし、そうでないかもしれません」

私は内心うんざりしながら、答えた。

「どういうこと、それ？」

「あなたに本当のことを話す必要があるかどうか、私には判断しかねるということですよ」

「どこの誰かもわからない女には話せないってわけね」

　女性はさして気を悪くした様子もなく、私に笑みを見せた。営業用に鍛練しているような、艶っぽい笑みだった。

「わたし、水上啓子《みなかみけいこ》。瑞江の母親だったことがあるの」

「だったことがある、というのは？」

「二年前まで、天霧和馬の女房だったのよ。後妻だったんですけどね」

「……すると、瑞江さんとは義理の縁だったのですね？」

「そういうこと。あまり好かれてはいなかったかもしれないけど、離婚するまで一応は母親としておつきあいしてたのよ。たった四年だったけどね」

「なるほどね。ところで私に何かご用ですか」

「ええ、ちょっとお話を訊かせていただきたいのよ。瑞江のことでね」

「私は瑞江さんを殺してはいません。しかしまだ、真犯人の目星はついていません。これであなたの質問に答えたことになりますかね？」

「……なんだか、わたしとお話しするのをいやがっているみたいね」

　啓子は軽く眉をひそめた。そうした仕種も、ある意味では蠱惑的《こわくてき》なのだろう。しかし少々疲れぎみの私には、あまり効果的ではなかった。

　それに私は、あからさまに媚《こ》びを売る女性が、好みではないのだ。

「よろしければ明日にしていただけませんか。これからこのポンコツと家に帰らなければなりませんのでね」

私は自分の車を軽く叩くと、扉を開けた。

乗り込んで走りだそうとしたとき、啓子が窓枠に手をかけて言った。

「わたし知ってるのよ、瑞江を殺した犯人を」

その言葉に一瞬躊躇《ちゅうちょ》を感じている間に、彼女は助手席のほうに廻り込み、扉を開けて中に入ってきた。

「本当よ、本当に知っているの」

「誰なんです？」

答えはなんとなく予測できたが、私は一応尋ねてみた。

「暑いわね、この中」

啓子は焦らすように言った。

「風が欲しいわ。走ってくださらない？」

私はかすかに首をすくめ、車を発進させた。そのまま国道に乗り入れる。

啓子は窓を全開にして帽子を取った。黒髪が肩のあたりまで流れ落ちた。

「ああ、いい風……」

窓に顔を向けて、彼女は気持ちよさそうに呟《つぶや》いた。

「思ったほど揺れないのね、この車」

「こまめに整備していますからね。そんなことより、先程の質問にまだ答えていただいていませんが」

「あわてないで。せっかちな殿方は、嫌われるわよ」

啓子は媚びを含んだ声で言った。

「物事には順序というものがあるんですから。まずお互いによく知り合うところから始めませんこと？」

「御婦人と知り合いになることに、やぶさかではありませんが、今の私にはゆっくりとかけている時間がありません。手順のほうは省略していただけませんかね」

私はことさらそっけない口調で言った。さすがに啓子の表情が強ばった。

「あなたって、女性の気持ちがおわかりにならないのね」

「すみませんね。私は昔から野暮な男でして。もしお気を悪くされたのなら、謝ります。どこか都合のいい場所で降ろしましょうか」

「私の話を聞きたくないとおっしゃるの？」

「興味はありますよ。しち面倒くさいことが性《しょう》に合わないだけです」

私はあえて相手の気分を害するような話しかたをしていた。思ったとおり、啓子は思惑が外れて苛立っているようだった。

「わかりました。あなたとはお話をしても無駄みたいね」

最後通牒《つうちょう》のつもりの言葉かもしれない。

「そうかもしれません」

これはちょっとした賭《か》けだったが、私はそれも無視してみせた。そして、道路脇《わき》に車を停めた。

「これ以上、腹の探り合いで時間を浪費するのはやめましょう。本題に入るか車から出るか、決めていただけませんか」

啓子は私を睨《にら》みつけていたが、やがてほっと溜息《ためいき》をついた。

「……わかったわ。あなたに大人のおつきあいを望むのは無理なのね。実務的なお話をしましょう。車を出してちょうだいな」

私は返事をせずに、車をふたたび発進させた。

「で、どこかへ行くのですか。それともこのまま、走っていればいいんでしょうか」

「このまま走ってくださるだけでいいわ。行きたいところはあるけど、あなたとじゃ面白くなさそうだし」

啓子の物言いが急に刺々《とげとげ》しくなってきた。そう仕向けたのは、他ならぬ私なのだが。

「では運転しながらお伺いしましょう。それであなたは、誰を瑞江さん殺しの犯人として告発したいのですか」

「あの女よ。天霧和馬につきまとっている夏目由紀子って女。あなたもお会いになったでしょ？」

「ええ、先程会いました」

私は内心がっかりしながら、答えた。思ったとおりこの女性も、草野と同じようなことを言うつもりだろうか。

「それで、彼女が犯人だと断定する理由は？」

「あのふたりはいがみ合ってたの。娘と父親の愛人じゃ、仲良くなれって言うほうが無理でしょうけど。瑞江なんて、すぐにもあの女を追い出してやるって息巻いてたみたいよ」

「瑞江さんが由紀子さんを憎んでいたという話は他からも聞きました。しかし由紀子さんの側から考えて、彼女が瑞江さんを殺そうとするほど憎んでいたとお考えなのですか」

「当たり前じゃないの。自分のことを憎たらしく思っているひとを、自分から好きになれるわけがないわよ」

「まあ、そうでしょうね。しかし何か確たる証拠のようなものが――」

「そういうことは、警察や探偵さんがお調べになればいいことよ」

啓子は私の言葉を遮るようにして言った。

「大切なのは、あの女には動機があるってことなの。おわかり？」

「はい、わかっていますよ」

私は溜息が混じらないように注意しながら、答えた。

「ところでひとつ疑問があるんですが、どうしてあなたは、私にわざわざそのことを教えようとお考えになったんですか。失礼ですが天霧さんと離婚なされたのなら、もう天霧家とは関係がなくなったのではないかと思いますが」

「別れて追い出された女には、元の家を気遣う権利もないって言いたいのかしら?」

啓子は私を軽く睨んだ。心の中では私の言葉をかなり不愉快に感じているのだろう。

「たしかに私はもう、天霧家の人間じゃないわ。でもね、お仕事の上でのつきあいが途絶えたわけではないのよ。今でも天霧系列の飲食店や結婚式場は、私が経営を任されているの。言ってみれば共同経営者のひとりってわけ。だから天霧家の問題には無関心ではいられないわ。万が一ここで和馬に何かあったとしたら……」

途中で啓子の言葉が淀《よど》んできた。

「万が一、と言いますと? 天霧和馬さんに、何か起こるというのですか」

「いえ……、いいの。今の話は忘れて」

啓子は首を振った。

「とにかくね、天霧家のことはこの街全体の問題でもあるのよ。天霧の財力がこの街にどれだけの影響を及ぼしているか、考えてご覧になったことがある? 一市民としてもこの事件に関心を持たないわけにはいかないでしょう」

「たしかにね。善良な市民は明日の天気にも水源地の貯水量にも関心を持っていますから、殺人事件の行く末にも当然関心があるでしょうな」

さすがにこの皮肉は、やりすぎたようだった。

「……あなたって、つくづく嫌味なかたなのね」

啓子はもう、表情を取り繕いはしなかった。

「ここで降ろしてくださらない？　もうこれ以上不愉快な思いをさせられたくありませんわ」

私は黙って車を路肩に停めた。啓子はさっさと車から出た。

「一言だけ、申しておきますわ」

扉を閉める寸前に、彼女は言った。

「わたしの言ったことを忘れたら、後で後悔なさいますわよ」

「ご忠告は痛み入ります。よく覚えておきますよ」

この言葉には皮肉を籠《こ》めたつもりはなかった。しかし彼女は憤然とした表情で車の扉を叩きつけ、そしてふりかえりもせずに歩き去っていった。

「やれやれ……少しばかり、こっちもおとなげなかったかな……」

私はそう呟きながらも、啓子が隠しごとをしていることを確信していた。それもたぶん、自分の利益に関することだ。

彼女のことは、あらためて調査してみる必要があるだろう。

私は車を事務所に向かわせた。車内には啓子の香水の薫りが、しつこく漂っていた。なぜだかアキの怒っている顔が眼に浮かんで、思わず首をすくめてしまった。

事務所に戻って自分の椅子に腰を降ろしたとたん、扉が叩かれる音がした。

「……せめて一息つかせてくれないかねえ……」

私は口の中で言いながら、扉を開けに行った。

扉の向こうには三十歳前くらいの男性が立っていた。私と同じくらいの背丈で、女性のように白っぽい顔をしていた。頭の鉢が大きくて顎《あご》が尖《とが》っている。白熱電球に目鼻を描き、黒縁の眼鏡を掛けさせて鬘《かつら》をかぶせれば、ちょうどこんな顔になりそうだ。

「失礼します。野上英太郎さんですね?」

白熱電球は顔立ちに似合わずよく通る声で、言った。

「さようですが」

「少しお話をさせていただけませんか。私は天霧敬一と申します」

「天霧……それでは和馬さんの――」

「はい、不肖の息子です」

彼ははにかむように言った。

応接室に通すと、敬一はゆっくりと部屋の中を見廻しながら、

「なかなか落ち着いたお部屋ですね。簡素でいて、なおかつ調度類も洗練されている。いいご趣味です」

と言った。

「そいつはどうも。この部屋は先代所長の石神が整えたままを、ずっと使っておりましてね」

「石神法全さんですね。お名前だけは伺ったことがあります。そうですか」

敬一は何度も頷きながら、椅子に腰かけた。

私は向かい側に座ると、

「ときに、瑞江さんはあなたの妹さんに当たるわけですね。今回はご不幸なことでした」

「はい、残念です」

敬一は眼を伏せる。

「妹はひとに怨《うら》まれるような人間ではないのですが、どうしてこんなことになってしまったのか……。じつは野上さん、私がこうして伺ったのも、妹のことを詳しくお聞かせいただきたかったからです。喫茶店で倒れたということですが、どういう経緯だったのか、教えていただけませんか」

「それはかまいませんが、その前に二、三こちらから質問させていただいてよろしいでしょうか」

「はい、かまいませんが」

「瑞江さんが私に仕事を依頼していたことは、ご存じでしたか」

「いいえ、事件が起きてから初めて聞きました。何しろ最近は、妹とはあまり話しませんから」

「別に住んでいらっしゃるのですか」

「ええ、妹は父と同居しておりますが、私はすでに結婚して、別に家を構えております」

「お仕事は、やはりお父さんの関係で？」

「いえ、父は私に自分の仕事を継がせようと考えているようですが、私はどちらかと言うと会社経営より政治に関心がありまして。今は中畑義文《なかはたよしふみ》先生の下で秘書を務めさせていただいております」

　中畑義文と言えば、この街選出の国会議員だ。

　今日は秘書という人種によく出会う日だな、と心の中で呟いた。

「わかりました。他の質問はとりあえず後回しにして、お問い合わせの件についてお話ししましょうか」

　私は敬一に、瑞江が私に依頼しにきてから彼女が毒殺されたときの状況までについて話した。もちろん、探偵の守秘義務に関ることや、警察の捜査に影響を及ぼしそうな詳細事項については省略した。案の定、敬一は私の話を聞いていくうちに、もどかしそうな表情

になって、

「もう少し詳しく教えていただけませんか。事態がどうにも把握しにくいのですが」

と言った。

「申しわけありませんが、それは勘弁してください。今はまだ警察が捜査をしている最中で、差し障りがありますのでね」

「なるほど……そういうことなら、しかたありませんね」

意外なくらいあっさりと、敬一は納得した。

「ただ、これだけは教えていただけませんか。妹は、死ぬ間際に苦しんだのでしょうか」

「それは……なにしろ毒を飲まされたわけですから……」

それ以上は言いづらかった。喉《のど》をかきむしって血を吐く瑞江の姿が、脳裏に浮かぶ。

「そうですか……不憫《ふびん》な奴だ」

敬一は唇を噛みしめた。

「妹さんを殺した犯人について、心当たりはありませんか」

私が尋ねると、敬一は首を振った。

「見当もつきません。たしかに少し我《わ》が儘《まま》なところがありましたが、そんなことくらいで殺されたりするわけがありませんし。どこの誰がやったか知りませんが、犯人はとんでもない卑劣漢に違いありません。こんなことを言うのは政治を志す者として問題でしょうが、私は犯人に同じ思いをさせてやらなければ気が済まないのです。同じように血を吐いて苦しんでもらわねば、おさまりがつきません」

それまであまり感情を表に出さないようにしていた敬一が、そのときだけは白い頬に血の気を浮かべた。

「お気持ちはお察しします。しかし警察も捜査をしていますし、犯人はすぐにも見つかると思います。私も及ばずながら調査をするつもりでおりますしね」

「お手数をおかけします」

敬一は頭を下げた。

「それで、何か手がかりのようなものは、見つかっているのでしょうか」

「いや、今までのところは、お話しできるようなものはありませんが……、ときに天霧さん、あなたはお父さんの秘書をしている草野鉄也というひとをご存じですね？」

「ええ、存じておりますが。彼が何か」

「草野さんと瑞江さんが特別な関係にあったということは、ご存じでしたか」

「特別な関係と申しますと……つまりは男と女の？」

「はい」

「それは……知りませんでした。先程も言いましたように、最近はあまり妹と話す機会がありませんでね。草野君のことは子供の頃から知っていますが、あまり交際はありませんでした。しかしそれは、本当のことですか」

「先程、草野さんから直接お聞きしたのですがね」

「そうですか……しかし……」

敬一は考え込む。

「しかし？」

「もしふたりがそんな関係であっても、父は認めなかっただろうと思うのですよ。父は瑞江をどこかの財閥の跡取りに嫁入りさせて、自分の基盤をさらに固めようと画策していたはずですからね」

敬一の口調に、父に対する悪意は含まれていないようだった。そういうことは企業家として当然と受けとめているのだろう。

「草野さんもそう言ってましたよ。だからつきあいは内密にして、いつか和馬さんに認めてもらえるように努力していたとか」

「どんな努力なんでしょうかね？」

そのとき初めて、敬一の言葉に皮肉っぽい響きが混じった。

「並大抵のことでは、父に認めてもらえるとは思えませんが」

「おそらくそれは、和馬さんの現在の愛人に関することだったのではないでしょうかね？」

「愛人？」

「夏目由紀子さんのことです。ご存じですよね？」

「あ……はい、存じております」

敬一は少々躊躇しながら答えた。

「しかしあのひとのことが、どうして？」

「ふたりは由紀子さんがお父さんの命を狙《ねら》っていると考えていたようです。どう思われますか」

「そんなことは……よくわかりませんが、ちょっと考えにくいことですね」

敬一は首を捻《ひね》った。

「あなたは夏目由紀子という女性のことを、どれくらいご存じですか」

重ねて訊くと、

「いや、ほとんど知りません」

彼は即座に言った。

「いきなり連れてきて、傍に置くようになっただけですから。何の目的で家に入れたのか、まったく見当もつきませんよ」

「男が女性を側に置く目的は、それほど難しいものではないと思いますが」

私が言うと、

「あ……ああ、そうですね。そのとおりです」

　いささかうろたえながら、敬一は何度も頷いた。

「単に父親の助平心のなせることでしょうね。わが父親ながら、困ったものですよ」

「由紀子さんが和馬さんを怨《うら》んでいる、というようなことはありますでしょうか」

「さてね。今も言いましたように、あのひとのことはほとんど知らないのです」

「そうですか。では質問を変えますが、鈴木政秀というひとのことを覚えていますか」

「鈴木、政秀、ですか。どこかで聞いたような……ああ、子供の頃の同級生にそういう名前の人間がいたような記憶があります。しかし、それが何か？」

「彼とは、どんなつきあいでした？」

　私は質問を重ねた。

「そうですね……中学の頃、一時期だけ親しくしていました。何度か私の家にも遊びにきたことがあります。一寸目《ちょっとめ》には人好きのする、頼れる感じの男だったんですが、ただ彼は何というか、品性の卑しい人間でしてね。私とつきあおうとしたのも、単に私の家が金持ちだったからのようで、ときどき金を貸してくれだのなんだのと言ってきたりしたので、私は頑としてはねつけて、しばらくしてつきあいをやめました」

「彼が一年前に死んだということは、ご存じでしたか」

「いいえ、初めて聞きました。そうですか、死んだんですか……。しかし、それが一体今回の事件とどういう関係があるのでしょう？」

「じつはですね、瑞江さんは昔、その鈴木さんと交際があったらしいのですよ」

「瑞江と鈴木が？　まさか……」

「これも草野さんから聞いた話なんですがね」

「どうやら妹の奴は、私の知らないところでいろいろな男性とつきあっていたようですね」

敬一は苦笑する。

「羨《うらや》ましいくらいに、発展家だったんだな」

「その鈴木政秀さんの知り合いに、夏目由紀子さんによく似た男の子はいませんでしたかね？」

「夏目さんに似た子？　さあ……ねえ」

「今は持っておりませんが、鈴木さんと一緒に水着姿で写真に写っているのです。同じ中学の水着なので、同級生ではないかと思うんですが」

「私は鈴木のことを、それほど深く知っていたわけではありませんからね。だから彼の友達関係も全然知りませんし。当時の同級生の中にそんな子がいたかどうかなんてことも、今となっては思い出せませんよ」

「なるほど、当然でしょうな。しかしもしそんな人物のことについて思い出したりするようなことがあったら、ぜひとも教えていただけませんか。どうやらこの事件にとって重要なことではないかと思うのですよ」

「わかりました。一度当時の写真などを調べてみましょう」

「ありがとうございます。では次の質問ですが……」

「まだあるのですか」

敬一は少しげんなりしてきたようだった。

「もうしばらく、おつきあいくださいませんか。次は水上啓子という女性について、お伺いしたいのです」

「水上啓子というと、父の後妻だったひとですよ。二年前に別れてしまいましたが」

「彼女は今でも天霧さんの系列の会社をいくつか任されているのですね?」

「任されてはいるようですね。ほとんどが水商売の方面だったと思いますが。もともとあのひとは、父の経営していたその手の店に勤めていた女性だったのですよ。それを父が見初めて家に入れたんですが、すぐに折り合いが悪くなりましてね。四年ほどで離婚してしまったのです。そのときに手切れ金がわりに前に勤めていた店を任せたんですが、けっこう商売の才能があったようで、たちまち何店かに増やしてしまったのです。それで気をよくしたのか、他にも結婚式場とか旅館とかの経営にも手を出しまして、それなりに順調にいっていたようです。しかしそれが、何と言いましたかね……そう、幻竜苑という旅館を買い入れた頃から少しずつ左前になってしまいまして、最近は資金繰りが難しくなってきたようです」

「ほほう、なるほど……そういうことがあったのですか」

私が感心していたのは啓子の経営手腕に関することではなかった。幻竜苑という懐かしい名を聞いたからだった。あの旅館が元の所有者から人手に渡ることになった事件には、私も俊介も関っていたのだ。

「そういえば、これは嘘か本当か知りませんが……」

と、敬一は私の感慨など気づきもせずに、話を続けていた。

「このまま経営が行き詰まることを恐れて、あのひとはもう一度父と縒《よ》りを戻そうとしていると、人づてに聞きましたよ」

「縒りをねえ……」

啓子がむきになって由紀子を告発していた理由が、これでなんとなくわかったような気がした。彼女は由紀子を追い出して、ふたたび和馬の側に立つ権利を得ようとしているのだ。

それにしても和馬と由紀子の周囲には、なんと様々な思惑が渦巻いていることか。話を聞いているだけで憂鬱《ゆううつ》な気分になってしまった。

「私の話、参考になりましたでしょうか」

敬一が尋ねてきた。

「ええ、とても参考になりましたよ。ありがとうございました」

「それは何よりです。私の話で妹を殺した犯人が少しでも早く捕まるなら、これ以上の供養はありません。あの、もしよろしければ、この先捜査に進展があったら私にも教えていただけませんか。ただ待っていても、気が気ではありませんので」

「わかりました。警察とも連絡を取りながら、お報《しら》せできるようなことがあれば連絡いたします」

「よろしくお願いします」

敬一は丁寧に頭を下げた。

第十一章　十六年前の強盗殺人

天霧敬一が出て行ってから、私はしばらく自分の椅子に腰を降ろしたまま考え込んでいた。

何かが心に引っ掛かっていた。見逃しているもの、聞き流しているものがあるような気がしてならないのだ。

しかしそれが何なのか、どうしても思いつかない。

何分かそうして頭を捻っているうちに、首筋が強ばってきた。頭を使うのは、これが限界のようだ。

私は椅子から立ち上がると、大きく伸びをした。考えても埒《らち》があかないときは、とにかく行動してみることだ。これは石神法全が私に教えてくれた心得でもある。

電話の受話器に手を伸ばし、手帳に記録した番号を廻す。五度目の呼び出し音で、相手が出てくれた。

――はい、大塚でございますが。

「先日お邪魔しました探偵の野上英太郎です。突然お電話差し上げて、申しわけありません」

――ああ、野上さんですか。こちらこそ先日は失礼をいたしました。

受話器から聞こえてくる声だけでは、大塚先生が私の電話を迷惑に思っているのかどうか判断できなかった。しかし今は、するべきことをしてしまわなくてはならない。

「じつはですね、もう一度だけお会いしてお話を伺いたいのですが、今日これからお邪魔させていただけないでしょうか」

――はあ……。

大塚先生の返事は、歯切れのいいものではなかった。

――でも、もう特にお話しできるようなことはございませんのですけど……。

「事態がいささか変わりました。お見せした写真に関連して、事件が起こったのです」

――事件?

「はい、ひとがひとり、亡くなりました」

――まあ……。

大塚先生を脅すつもりは毛頭なかった。しかし一度閉じてしまった口を開いてもらうには、事の重大さを認識してもらうしかないと思ったのだ。

「あの写真に写っている人物の正体を知ることが、事件を解決する近道なのではないかと私は考えています。どうかご協力いただけませんか」

先生はしばし考えているようだったが、

――わかりました。これからいらっしゃるのですね。

「はい、できれば」

――ではおいでください。わたしが知っていることでしたら、お話しさせていただきます。

「ありがとうございます。では早速まいりますので」

私は電話を切ると、すぐに事務所を出て車に乗り込んだ。車内には、まだ啓子の残り香が漂っていた。私は窓をいっぱいに開けて、車を走らせた。

警察には大塚先生のことだけは話していなかった。先生に迷惑をかけたくなかったし、自分でもう一度会って話を訊いてみたいと思っていたからだ。後で知ったら高森警部は顔を真っ赤にして怒るだろうが、そのときはおとなしく怒られていよう。

大塚先生の家に着いたのは、午後二時頃だった。先日訪れたときと同じように、鶏のせわしない鳴き声以外は、いたってのどかな雰囲気に包まれていた。しかし迎えてくれた大塚先生の表情には、いささか緊張したものがあった。

「何度もお邪魔して、申しわけありません」

私が玄関口で頭を下げると、

「いいんですのよ。さあ、中へどうぞ」

と、この前と同じ部屋に通してくれた。卓袱台《ちゃぶだい》にはすでに麦茶が用意されている。

「まず、お話を聞かせてくださるかしら」

私の向かい側に座った先生が、言った。

「ひとがひとり亡くなったとおっしゃいましたわね。それは事故で？」

「いいえ、事故ではありません。他殺です」

私が答えると、先生は大きく息を呑《の》んだ。

「なんてことかしら……。あの写真に関係があるというのは、本当なの？」

「私はそう考えております」

私は大塚先生に鈴木道子と名乗った天霧瑞江のことについて、今度は詳しく話した。今日は同じような話を何度も繰り返していたので少々うんざりもしていたが、とにかく先生に事情を理解してもらわなければならないので、我慢して最初から話したのだった。

先生は黙って私の話を聞いていたが、聞き終えると小さく溜息をついた。

「わたし、どうやらとんでもない間違いをしてしまったようですわ。あのとき野上さんにちゃんとお話をすれば、こんなことにはならなかったと思いますのに……」

「そんなことはないですよ」

私は言った。根拠のある言葉でないことは自分でもわかっていたが、そう言わないではいられなかったのだ。

「いいえ、わたしがもう少し考えていればよかったのです。それを、嫌な思い出を蒸し返したくない一心で隠し立てなどをしたばかりに……。今となってはもう遅いかもしれませんが、野上さんにはわたしの知っていることをすべてお話ししますわ」

自分の行いに後悔をしているようだったが、それでも大塚先生の態度は毅然《きぜん》としていた。先生の心の中には、生徒に模範を示すべき教師としての矜持《きょうじ》が、まだ息づいているようだった。

「鈴木政秀君と一緒に写っていた生徒ですが、名前を樋口静雄《ひぐちしずお》と言いました。野上さんがおっしゃったとおり、鈴木君の同級生でした」

「樋口、静雄ですね。彼は今、どこにいるんでしょうか」

「わかりません。十六年前、在学中にあの子は、行方不明になってしまったんです」

「行方不明？」

「はい、正確に言えば、自分から姿を消してしまったのですけど」

「何か、そうしなければならない理由があったのですか」

「ええ……あの子は……」

先生はその先を言うのが苦しそうだった。

「……樋口君は、ひとを殺したんです」

「人殺し……彼が……」

私はにわかには信じられなかった。樋口静雄なる人物とはもちろん、写真でしか対面したことがない。だがあの華奢《きゃしゃ》な体つきから受ける印象と殺人犯という肩書きは、どうにもそぐわない気がしたのだ。

「いったい誰を、どうして殺したのですか」

「当時、中学の近くにひとり暮らしのお年寄りが住んでいました。近辺の多くの土地を持っていて、ずいぶんと金を貯めているという噂《うわさ》でした。樋口君はそのお年寄りを襲って殴り殺し、家にあった金を奪って逃げたんです」

「強盗殺人というやつですね。しかしずいぶんと乱暴な手口だ。樋口という少年は、日頃からそんなに粗暴なところがあったんですか」

「いいえ、暴力的なところは一切ありませんでした。むしろ学級の中でも無口でおとなしくて、心の優しい子でした。わたしはあの子の担任をしていましたから、よく知っています。けっしてそんな酷《ひと》いことができる子ではないんです。それなのに……」

大塚先生は力なく首を振っていた。事件当時の衝撃を思い出してしまったのだろう。

「彼が犯人だというのは、間違いないことなんでしょうか」

私はそんな先生の姿を痛ましく思いながら、質問を続けた。

「警察の発表では、間違いないそうです。事件のあった日に、被害に遭ったお年寄りの家から逃げ出す樋口君を見かけた人間がいたそうですし、なによりお年寄りを殴るときに使われた花瓶に、彼の指紋が残っていたそうですから」

「なるほど、そいつは致命的な証拠かもしれない。しかしなぜ、彼はそんなことを？」

「樋口君には病弱なお母さんがいました。お父さんは樋口君が赤ちゃんの頃に亡くなったとかで、お母さんが女手ひとつで彼を育ててきたんです。その無理が祟《たた》ったのか、とうとう倒れてしまって……」

「そのお母さんの病気を治す費用が欲しくて、犯行に及んだと？」

「警察の考えは、そうでした。実際に樋口君の家を捜査した警察のひとは、彼の机の抽斗《ひきだし》からかなりの額のお金を見つけたそうですし」

「ふむ……」

私は写真に写っていた樋口静雄の表情を見て、この少年はあまり幸福な状況にはいないようだと直感したことを思い出した。予想は外れていなかったようだ。

しかし、やりきれない話ではある。

「それで、犯行後の樋口君の足取りは？」

「事件のあった翌日から、彼の姿はどこにもありませんでした。警察で必死に行方を追ったんですが、とうとう見つからずじまいで。病床のお母さんも事情を訊かれたようですが、前の晩遅くに慌てた様子で家に戻ってくると、すぐにまた出て行ってしまってそれっきりだったとか。それ以降、樋口君の行方はまるでわからないままなんです」

「それで、お母さんは？」

「五年前に亡くなりましたわ。ひとりでひっそりと……」

大塚先生はうつむくと、目尻を指で拭《ぬぐ》った。

「樋口君がいなくなってから、お母さんは病院に移されてずっとひとりきりでした。どなたか親戚《しんせき》のかたがお世話をされていたのか、なんとか生活はできていたようですが、死ぬまで自分の子供たちのことを案じていたそうです。不憫でなりませんわ」

「子供たち？　お子さんは樋口静雄ひとりではないんですか」

「ええ、樋口君にはお姉さんがひとりいたはずです。でもそのひとは中学を卒業すると家を出てしまって、そのまま一度も寄り付かなくなってしまったとか。結局お母さんのお葬式にも来ませんでしたわ。よくよく子供に恵まれないひとだったんですね……」

「樋口静雄に、姉が……」

私は夏目由紀子の寂しげな姿を思い出していた。

「わたし、最初は樋口君が強盗殺人の犯人だなんて、絶対に信じられませんでしたの」

大塚先生はしみじみとした口調で言った。

「樋口君は、本当に心の優しい子でした。優しすぎて、他人から見れば不甲斐《ふがい》なく感じられるくらいに。たしかに優しさと気の弱さというのは紙一重なところがあって、彼も気弱ではあったんですけど。でもあの子はね、人一倍母親思いだったんです。なんとかしてお母さんを楽にさせてあげたいって、わたしにも言ってました。そんな子が、あんな酷いことをするなんて信じられます？

わたしは樋口君を庇《かば》いました。絶対にあの子じゃないって。でも、次から次に証拠が出てきて、しかも彼自身が姿を消したまま何日も何週間もすぎてしまった。次第にわたしも、あの子がやったんじゃないかって思いはじめてきました。そう考えるとなんだかあの子に裏切られたような気がして、とても悲しかった。だからもう、あの子のことは考えないことにしようと思いました。野上さんに写真を見せられたとき、わたしは何年ぶりかであの子のことを思い出して、とても辛くなりました。だからあのときは、記憶にないと突っぱねてしまったんです。これ以上、辛いことを思い出したくないから。本当に申しわけありませんでした」

「いえ、そんなにお謝りになるようなことではありませんよ。誰しも思い出して辛くなるようなことを思い出したくはありませんからね」

私の脳裏に、妻の面影が通りすぎた。

「でも、今は辛さを堪えて答えていただけませんか」

私は自分の中に蘇《よみがえ》りかけた痛みを無視して、質問を続けた。

「樋口静雄の姉の名前をご存じですか」

「樋口君のお姉さんですか……ちょっとお待ちくださいね」

大塚先生は額に手を当てて考え込んだ。

「……駄目ですわね。ちょっと思い出せません」

「そうですか……」

それは当然かもしれない。思い出してもらおうとするほうが無理だろう。

「では、中学での鈴木政秀と樋口静雄の関係は、どんなものだったんでしょうか。友達だったのですか」

「友達、と言えば、友達と言えるのかもしれません」

先生の言いかたは、少しばかり歯切れが悪かった。

「あの年頃の子供たちというのは、力の上下関係というものが結構意味を持っていますから……」

「と言うと？」

「鈴木君は樋口君に用事を言いつけたりして、子分のように扱っていました。わたしも何度か注意をしたのですが、陰でこそこそと苛《いじ》めていた気配がありました。樋口君は今も言いましたように優しい子でしたから、強く抵抗することもなかったようですが」

「苛めっ子に苛められっ子、という関係だったのですね？」

「それほどあからさまなものではなかったのですけど、そう言えるかもしれませんわね」

先生は辛そうに答えた。

「わかりました。いろいろと教えていただいてありがとうございました」

私は卓袱台を挟んで大塚先生に礼を言った。

「これでお役に立てたでしょうか」

「充分、参考になりました。これからの調査の目星がつきましたから」

「今回の事件は、やはり樋口君の事件と関連があるんでしょうか」

先生は心配そうだった。

「今はまだ、何とも言えません」

私は思っていることをそのまま口にすることを避けた。

「ただ、これだけは申しあげられます。今回の殺人事件に関して、先生が責任を感じられることは、少しもありません。あの時点で樋口静雄のことを私が聞き知っていたとしても、事件の発生は避けられなかったのですからね」


大塚先生の家を辞去すると、私はその足で警察に向かった。

捜査一課の部屋には、仏頂面の高森警部がふんぞり返っていた。彼の机の上には、煙草の吸殻がうずたかく積み上げられた灰皿が置かれている。

「よお、野上さん。自白にでも来たんですかい？」

くわえ煙草の警部は、自分の吐いた煙に眼を細めながら、言った。

「残念ながら、そうではないよ。少し調べたいことがあってね。どうやら捜査の進展状況は、思わしくないようだね」

「思わしくないも何も、行き詰まりもいいところです」

警部はお手上げの格好をして見せると、立ち上がった。

「犯人不明、犯行手口不明、動機も不明。まあ動機についちゃ、天霧家の財産に関するごたごたが原因だろうと思ってますがね」

「何かあの家で遺産相続問題でも起きているのかね？」

「これから起きるんですよ。天霧和馬の遺産を巡った骨肉の争いってやつがね」

「和馬の？　しかし彼はぴんぴんしてるじゃないか」

「ところがあの先生、去年の暮れあたりに脳溢血《のういっけつ》で一度倒れましてね、病院に運び込まれているんですよ。本人は隠しているようですが、あまり芳しい状況ではないそうで」

「ほう……」

私は和馬が驚くほど瘦《や》せていたこと、声に張りがなくなっていたことを思い出した。あれは、病のせいだったのだ。

「そんなことがあってから、彼の周辺ではにわかにきな臭くなってきたようです。子供やら兄弟やらが和馬の後釜《あとがま》に座ろうと虎視眈々《こしたんたん》ってやつだそうで」

「なるほど、それで彼らが私にしつこく迫ってきたわけだな」

「彼らと言うと？」

「和馬の秘書で瑞江の恋人だったという草野鉄也、和馬の別れた女房の水上啓子、和馬の息子の天霧敬一。今日はこれだけの人間が私に接触してきて、捜査状況を探りだそうとしてきたんだよ」

「それはそれは。和馬の弟の天霧塔馬《とうま》が来れば、和馬の遺産争いに加わっている面子《メンツ》が勢《せい》揃《ぞろ》いしますな。まったく、下手に金を貯めるとろくなことにならん。俺の家を見習ってもらいたいもんだな。どう逆立ちしたって遺産争いなんざ起きる気配もありませんや。野上さんとこも、そうでしょうがね」

「まったくだね」

私は苦笑した。警部も笑っていたが、不意に声を変えて、

「ところで野上さん、調べたいことってのは、この事件に関係することなんでしょうね？」

この切り返しの鋭さが、さすがに鬼高である。

「いや、まだはっきりしたことは言えないんだ。ちょっとした思いつきにすぎないんでね」

「思わせぶりな言いかたじゃないですか。どうして探偵って人種は、まわりくどい言い回しで警察を煙に巻くのが好みなんだろうね」

「俊介に初めて会ったとき、思いついた推理をすぐに口に出すようなことはするなと訓戒を垂れたのは、高森警部だったはずだがね」

私が言い返すと、

「あれ？　そうでしたかね」

と、彼はとぼけた。

「まあいいや、とにかく事件に関係することなら、隠し立てはなしにしてくださいよ。特に今回の事件ではね」

「わかっているよ。事件の最重要容疑者としての立場は心得ているつもりだからね」

「けっこう。もし裁判になって被告席に立つようなことになったら、ちゃんと裁判官に申し開きしてくださいよ。高森は公明正大だったってね」

警部は半ば笑いながら、私を資料室に送り出してくれた。

ここの捜査資料は結構うまく整理されているので、十六年前の事件であっても比較的楽に見つけ出すことができた。

問題の事件で殺されたのは松江昌平《まつえしょうへい》という当時六十七歳の老人だった。死因は大塚先生の話したとおり花瓶の殴打による頭蓋骨《ずがいこつ》骨折で、家に貯め込まれていた推定六百万円の現金がなくなっていた。

容疑者として名前が挙げられたのは、樋口静雄ひとりだった。やはり花瓶に残された彼の指紋が決定的証拠となったようだ。

しかし静雄の消息はまったくわからず、事件は現在まで未解決のままとなっている。

私は静雄の家庭についての記述を読んだ。母親は樋口聡子《さとこ》。夫の岳一《たけいち》はすでに死亡していた。そして先生の言ったとおり、静雄には姉がひとりいた。名前は雪子《ゆきこ》。

由紀子と雪子――私の中でまたひとつ、歯車の嚙み合う音がした。

しかしそれ以上の情報を得ることはできなかった。雪子も行方不明のままで、警察も見つけ出すことができなかったようだ。

私は必要事項を手帳に記録し、資料室を出た。

捜査一課の部屋に戻ると、武井刑事が高森警部に怒鳴られているところだった。

「おまえ、目玉をどこにつけてるんだ？　この馬鹿もんがっ！」

武井刑事は大きな体を縮めるようにして、警部の怒号を浴びせられるままになっていた。

「もう一度行ってこい！　はっきりわかるまで絶対に帰ってくるな！」

「は、はい」

武井は一礼すると、部屋を出て行こうとして私に気づいた。一瞬照れるような笑みが彼の口許に浮かび、すぐに頭を下げると恥ずかしそうに私の側をすり抜け、部屋を出ていった。

「ったくよお……俺はあいつに茶碗《ちゃわん》と箸《はし》の持ちかたから教えてやらなきゃならんのかよ。

たまらんぜ」

警部はそう毒づくと、私に肩をすくめてみせた。

「何かわかりましたかい？」

「まだ、何とも言えないね。もう少し調べてみてから、警部にも教えるよ。それより彼のことだが」

と、私は武井が出ていった部屋の扉を顎で示しながら、

「最近『紅梅』に出入りしているようだね」

「へえ、そうですか」

警部はまるで関心がなさそうな返事をした。それが逆に引っかかった。

「警部、そう言えばこの前、やけに私の再婚がどうとか絡んでいたよなあ」

「そんなこと、ありましたっけね？」

警部はまたもとぼける。

「あったよ。つまりは、そういうことなのかね？」

「そういうこと、と言いますと？」

「武井君が『紅梅』に足しげく通っている理由さ。目的は、アキだな？」

「そんなの知りませんよ。俺は見合い好きな近所の婆さんじゃないんでね」

「そうかね？」

「そうですって」

警部はあくまでとぼけ抜くつもりらしい。

「わかった。しかし部下思いも結構だが、変に気を廻すことはやめてくれよ」

「廻さなくていいんですか、本当に？」

「いいんだよ」

私は言った。

第十二章　山の麓の別荘で

警察から戻って車から降りると、隣に停まっていた見慣れない車からふたりの男が出てきた。そして、私の前後を挟むように立ちはだかった。

「失礼、野上英太郎さんですね？」

私の真正面に立った長身の男が、低い声で尋ねてきた。もうひとりは私の背後に廻りこんでいる。二人とも白の開襟シャツの袖《そで》から筋肉の盛り上がった腕を見せていた。どうやら全身をその程度まで鍛えているようだ。

「そうですが、どなたですかな？」

私は答えながら、さりげなく周囲に気を配った。あたりには私たちの他は誰もいない。

「あるかたに頼まれて、まいりました。少々お話を伺いたいことがありまして。ご同行願えますか」

丁寧だが、有無を言わせない口調だった。

「正式な仕事の依頼であれば、喜んで伺いますが。その『あるかた』のお名前は？」

「今は申しあげられません。直接そのかたがお話しになると思います」

「なるほど……」

私はおざなりな返事をしながら、頭の中で状況を検討していた。相手が実力行使に出た場合、私に勝ち目はあるだろうかと。結果は芳しいものではなかった。腕の筋肉のつきかたから判断して、彼らは実戦用の武術を心得た者というよりは、筋肉美そのものを追求するために鍛練した連中だと知れた。だから一対一であれば、場数を踏んでいる私のほうが有利だ。しかしふたりでは無理がある。下手に相手をすれば、私も無事ではすまないだろう。

それに、彼らを遣わせた人間についても興味があった。

「わかりました。ご一緒しましょう」

「ありがとうございます。さすがに物分かりが早くていらっしゃる」

男は薄く笑った。

彼は私と一緒に車の後部座席に座り、私の背後にいた男が運転をした。

車は国道から枝道に逸れ、山のほうへ向かっていく。私は一瞬いやな想像をしてしまった。彼らは私を山の中のどこかに埋めるつもりで連れ出したのではないか。

「会見は、どれくらいかかるのでしょうね？」

私は正面を向いたまま訊いた。

「警察と約束があるので、あまりゆっくりもできないんですが」

牽制《けんせい》にならない牽制だとはわかっていたが、相手の反応を見てみたかったのだ。

「ご安心ください」

私の隣に座った男は、同じように正面を向いたまま言った。

「すんなりと話が進めば、三十分ほどで終わるでしょう」

「すんなりと、ね……」

私は溜息をつきながら、車の外を見つめていた。いざとなったら彼らの手を逃れて、どこかに逃げ込まなければならない。道路脇に点在する民家の位置を、頭の中に刻み込んでおいた。

やがて車は、小高い山の麓《ふもと》に建った山小屋風の家の前で停まった。少しばかり凝った造りをした別荘、といったところだった。

「こちらです」

車を降りた男は、私をその家に案内した。門がわりに建てられた丸太の杭《くい》に郵便受けが取りつけられており、そこには「天霧」という名前があった。

家の中はけっこう広かった。内装は北欧風に統一され、暖炉まで用意されている。当然のことながら、暖炉に火は入っていないが。

私を招いた人物は、火のない暖炉の前に置かれた揺り椅子に座っていた。この建物にはいささかそぐわない灰色の背広姿で、大きなパイプをくわえている。五十歳をすぎるくらいの年齢だろうか。体格はしっかりしており、顔つきにもふてぶてしいものが感じられた。

「君が野上英太郎か」

男はパイプをくわえたまま言った。

「そうです。あなたが天霧塔馬さんですね」

「ん？　どうしてわかった？　探偵お得意の推理か。それとも、こいつらが喋ったのか」

彼は私の左右に立っている男たちを指差した。両脇のふたりに緊張が走るのを感じた。

「いえ、外の郵便受けに『天霧』という名前があるのを見まして、それでわかったわけです。天霧家のかたでまだお会いしていないのは塔馬さんだけですから」

「なるほど、話を聞いてしまえば面白くもなんともないな。とにかく、推察どおり俺が天霧塔馬だ。見知りおいてくれ」

塔馬は兄の和馬に似ていた。顔の造作だけではなく、傍若無人な物言いもそっくりだった。髭《ひげ》を生やせば、もっと似てくるだろう。

「それで、お話というのは？」

私が訊くと、

「まあ、そんなに急がんでもいいだろう。君とは仲良くやっていきたいんでな」

そう言うと塔馬は目配せをした。ふたりの男は部屋から出ていった。

「こういう別荘はどうだ？　俺は週に一回はここに来ている。街中よりはずっと落ち着く」

「そうでしょうね」

私は部屋の中を見廻しながら、

「ここにいれば、気持ちも安らぐでしょうな。厄介ごとを抱えてさえいなければ、ですが」

「そのとおりだ。心置きなくこの別荘での生活を楽しむためには、まず邪魔な用件を片づけてしまわなければならん」

「用件というのは、天霧瑞江さんの事件についてでしょうか」

私が尋ねると、塔馬は頷いた。

「ああ、そうだ。君が兄貴の命を受けて、この事件に首を突っ込んだということは承知している」

和馬の依頼を受ける前から、この事件には否応なく関り合っているのだが、わざわざ訂正するつもりはなかった。

「そして天霧家を巡る面倒な話も聞いているだろう。兄貴の病気のことは知っているか」

「一応は」

「兄貴はもう、長くはない」

まるで電球の寿命を知らせるような口調で、塔馬は言った。

「今は空威張りで凌《しの》いでいるが、脳味噌《のうみそ》の血管は破裂寸前だ。そうなったら天霧家だけでなく、この街全体に大地震が起きるだろう。今できる最善の策は、兄貴がいなくなった後のことを一刻も早く決めておくことだ。だがここにもいろいろと思惑があってな、そうすんなりとは決まらん。口を挟む連中が多いと、それだけ物事はごたつくもんだ。そうだろ？」

「まあ、そうでしょうね」

私は曖昧に答えておいた。

「ただでさえそんな状況なのに、瑞江の事件は火に油を注いだ格好になった。兄貴はな、自分の寿命を知って後々のことを考えた計画を練っていたのだ。それが事実上中断してしまった。瑞江を殺した犯人がはっきりするまで、財産分与の件も権力移譲の件も決められまいからな」

「それはつまり、瑞江さん殺しの犯人が親族の中にいるという意味なのですか」

「なるほど、思ったとおり鋭い男だな」

塔馬は揺り椅子から身を乗り出すようにして、

「俺としては君に協力して、一刻も早く事件を解決したい。いや、はっきり言おう。君に犯人を教える。だから君の手でそいつを警察に突き出してやってほしいんだ」

「犯人を？　ご存じなんですか」

　私は半信半疑で尋ねた。

「ああ、他には考えられん。やったのは、敬一だ」

　さも重大な秘密を打ち明けるように、塔馬はもったいぶった言いかたをした。

「敬一さんと言うと、和馬さんの息子さんで、瑞江さんのお兄さんですね。どうして彼が妹さんの命を奪わなければならないんです？」

「さっきから言っておるではないか。あいつらは兄貴の財産と権力を奪い合っておるんだよ」

「しかし、だからといって肉親が殺し合うというのも……。それに敬一さんは政治の世界に身を投じることになっていて、和馬さんの後継者にはならないと言っていましたが」

「それがあいつの計略なんだ」

　塔馬の眼に、陰険な光が宿った。

「敬一はたしかに議員の椅子を狙っておる。ゆくゆくはこの街の市長から、政府の要人になることまで夢見ておるのかもしれん。だがそのためには、莫大《ばくだい》な資金が必要なわけだ。人徳のない者が投票者の支持を集めるためには、金の力に頼るしかあるまい。あいつにとって父親は金の成る木でしかないんだ。

　ところがこの木が厄介者でな、実った金を息子に分け与えるつもりがさらさらない。まあ子供の頃から親の金を当てにしてばかりいる奴だったから、兄貴も充分にわかっておるんだろう。中学の頃など、ほとんど小遣いも与えなかったらしいからな。しかし、それくらいのことで敬一の金の亡者ぶりが変わるわけでもなかった。とうとう妹に遺産が廻ることを嫌がって、殺してしまったというわけだ」

「そのお説には、根拠があるのですか。あるいは証拠とか」

「あるとも。兄貴の現在の遺言書を見てみればわかる。その前に作られた遺言で敬一に分与すると明記されていた財産の一割が削られて、瑞江と天霧文化事業団という団体に分与されることになっているんだ。こんなことをされて黙っている奴じゃない。あいつは自分の取り分を戻すために、いや、もっと多くを得ようとして、瑞江を殺したんだ」

「はあ……なるほどね……」

私はどう答えていいかわからなかった。塔馬の言う証拠は証拠になっていないのだ。財産の取り分を減らされたからといって、必ず殺人に走るとは言えない。

「とにかくだ、敬一のことは特によく調べてくれよ。外見や人当たりの柔らかさに騙されてはいかん。あいつはどうしようもない狸《たぬき》なのだからな」

塔馬は吐き捨てるように言った。

「わかりました。心得ておきましょう」

反論する気も起きないので、私はそう言っておいた。

「ところで、他のひとたちのことも、ついでにお伺いしておきたいのですが、よろしいでしょうか」

「他のというと、誰のことだ？」

「まず草野鉄也さん。和馬さんの秘書をしていますね」

「草野……ああ、あいつか。あいつがどうかしたのか。ただの秘書ではないか」

「彼は瑞江さんの協力者であったようですが」

「そんなことは知らん。あの男とはほとんど喋ったこともない」

塔馬は本当に瑞江と草野の関係を知らなかったようだ。

「わかりました。では次に水上啓子さん。和馬さんの前の奥さんだったかたですが」

「あの女か」

塔馬は急に苦い顔になった。

「あいつも金の亡者だ。別れた後でも兄貴の財産を吸い尽くそうとしておる」

「啓子さんと瑞江さんの仲は、どうだったのですか」

「いいわけがなかろう。先妻の娘と後妻ではな。その上ふたりとも、欲の皮が突っ張っておった」

「啓子さんが瑞江さんを殺害した可能性は、あるでしょうか」

塔馬は私の質問をしばらく吟味している様子だったが、やがて首を振った。

「何とも言えんな。女というのは、その気になったら何をやらかすのかわからん。だから絶対にやっておらんと言い切ることはできんだろう。しかし一番怪しいのは、敬一だ。これだけは間違いない」

塔馬にそう言わせているのは、何か根拠があってのことなのか、それとも敬一に対する個人的思惑のせいなのか、私には判断のしようがなかった。

「では、夏目由紀子さんはいかがでしょう？」

「あの女は……悪くないな」

とたんに塔馬の相好《そうごう》が崩れた。

「兄貴の側に置くには、もったいないくらいの美人だ」

「記憶をなくしているそうですね。それを和馬さんに保護されたとか」

「自分の意志がないのをいいことにして、兄貴が玩具《おもちゃ》にしておるのさ。哀れなことだ。あの娘も、兄貴がいなくなったらせいせいするだろうよ」

そのときには自分が和馬のかわりになってやろう、と彼の顔に書いてあった。

「彼女が瑞江さんを殺害したと告発するひともいますが」

「どこのどいつだ、それは？」

塔馬は眼を剝《む》く。

「あんな楚々《そそ》とした女性に、そんな酷い真似ができるわけがないだろうが。君はそんな世《よ》迷言《まいごと》を真剣に取り合っておるのか。くだらん」

「この事件に関して、私はどんな意見も虚心に聞こうと思っています。その可否を云々《うんぬん》するのは、自分自身で納得いくまで調べた後ですがね」

「たいした心掛けだな」

塔馬は皮肉っぽい口調で言った。

「恐れ入ります。では最後に天霧塔馬さんのことについて、お話ししていただけませんか」

「俺の？　どういうことをだ？」

「天霧家における現在のあなたの地位。和馬氏に万が一のことがあった場合、あなたにはどんな利益不利益があるのか。瑞江さんとの関係。そのようなことです」

塔馬が噛みつきそうな眼つきで睨んでいるのを見て、私は付け加えた。

「私は天霧和馬さんのすべての縁者について、情報を手に入れたいと思っているだけです。その点はご了解いただけると信じておりますが」

「……君も不愉快な奴だな」

塔馬はいまいましそうにパイプを吐き出すと、

「しかしまあ、探偵とか警察とかいう輩は、みんなこれくらいの不愉快さを感じさせるんだろうな。しかたない、教えてやろう。俺は兄貴が持っている会社のほとんどで、実質的な経営を任されている。表立っては兄貴のほうが目立っておるが、会社を本当に動かしているのは俺なんだ。だから兄貴が死んだところで、俺にはたいして影響はない」

「なるほど、裏の立役者というところですね。しかし和馬さんが亡くなれば、表も裏もご自分のものにできるのではありませんか」

私の問いかけに塔馬は唇を歪《ゆが》めるだけで、怒りはしなかった。

「まあな。兄貴が死ねば、兄貴が吸っていた甘い汁が俺のところにも流れてくる。そのことを否定はせんよ。だがな、その汁を独り占めしたくて瑞江を殺すなんて馬鹿な真似は、絶対にせん。そんな危険を犯さずとも、俺にはもう地位も財産もあるんだ。君が十人集まっても及ばないくらいのな」

「十人ではきかないでしょうな」

私は言った。

「しかし、たとえ私の百倍の富と力を持っていたとしても、それでも満足しない人間もいます。掌に収まるだけの物で充分満足できるひとがいるのと同様にね」

「兄貴がそうだよ。そういう人間だ」

塔馬は誹《そし》るように言った。

「あと十年も生きていたら、兄貴はこの街のほとんどすべてを手中に収めていただろう。それだけのことはやってしまいかねない男だ。その意味では俺とは考えが違う。俺は自分の手にあるものを上手に使っていくのが好きなんだ。わかるだろう?」

「はい、よくわかりますよ」

私はそう答えておいた。兄の和馬同様、彼もなかなかの狸だ。

「これで君への質問の答えにはなったはずだ。そんな回り道に気を取られずに、さっさと事件を解決してもらいたいものだな」

塔馬はそう言うと、側の呼鈴らしい物を押した。

先程のふたりが部屋に入ってきた。

「お送り申しあげろ」

塔馬が言った。会談は終わり、というわけだ。私は一礼して、別荘を出た。

車に乗り込むとき、私は腕時計に眼をやってから言った。

「たしかに三十分だった」

「すんなりといきましたね」

黒眼鏡の男が、唇の端を曲げるようにして笑った。

彼らは私を事務所の近くまで送ってくれた。

私を降ろすと、車はすぐに走り去る。その姿を見送りながら、大きく背伸びをした。背中の筋肉が強ばっているのがわかった。少々緊張していたようだ。

「野上さあん!」

声をかけられてふりむくと、事務所の前でアキが手を振っていた。

「よお、どうしたんだ?」

「どうしたもこうしたもないわよ。心配で見にきたのに。今の車、瑞江さんのお父さんの?」

「いや、彼女の叔父の天霧塔馬のほうだ。たった今、会ってきたところでね」

「あら、お父さんに会うんじゃなかったの?」

「会ってきたさ。それ以外にたくさんね。今日はひっぱりだこだったんだ」

私は首筋を叩きながら、

「悪いがまた珈琲《コーヒー》を入れてくれないか。少々疲れたよ」

「いいわよ」

私より先に事務所に入ったアキは、そのまま湯沸室に向かった。

やがて香り高い珈琲が私の前に置かれた。

「感謝感謝」

私はゆっくりと珈琲を飲んだ。全身にゆったりとした香りが広がっていくような気がした。

ふと見ると、アキが机の向かい側で頬杖《ほおづえ》を突いて、私が話を始めるのを待っていた。昨夜と同じだ。

「今日一日で天霧家のことはかなりわかったよ」

私はしかたなく話しはじめた。天霧和馬、夏目由紀子、草野鉄也、水上啓子、天霧敬一、そして天霧塔馬、今日出会った天霧家にまつわる者たちのことを、順に話していった。

「なんだか……ぐちゃぐちゃしてるわね、天霧の家って」

アキは話を聞いた後、そんな感想を洩《も》らした。

「家族が死ぬかもしれないってときに、財産のことしか頭にないなんて。お金持ちって、みんなそういうものなの？」

「みんながみんなとは思わないが、富というのは集まれば集まるだけ、厄介ごとを呼び込むものらしいな」

「やだなあ、そういうの」

アキは溜息をつきながら、

「あたし、その夏目由紀子って女の人がかわいそうになってきたわ。女を玩具にするなんて最低よ。そのうえ犯人扱いするなんて、ひどいわ。野上さん、まさか野上さんもそのひとが犯人だなんて思ってるわけじゃないでしょうね？」

「今のところは、何とも言えんよ」

私は正直に言った。

「とにかくまだ、事件の背後に隠れているものが見えていないような気がするんだ。夏目由紀子がこの事件にどう関っているのか、あるいは関っていないのか。それを判断するのには、材料が不足している。ただ気になるのは、樋口静雄という失踪した人物のことだ」

「あの写真の男の子ね」

「今も生きていれば、男の子という年齢ではないがね」

「そのひとと由紀子さんがそっくりって、本当なの？」

「ああ」

「じゃあ、由紀子さんは、樋口さんの……」

「姉の雪子なのかもしれない。彼女が記憶喪失になっている以上、確かめようもないが」

「ひょっとしたら記憶喪失のふりをしているだけ、なのかもしれないわね」

「その可能性もあるな。とにかくもう一度、彼女に会ってみる必要がある。もしかしたら――」

私の言葉は、事務所の扉を激しく叩く音に阻まれた。

「なんだなんだ？　誰が来たんだ？」

私は立ち上がる。

「借金取りじゃないの？」

アキは茶化すように言いながら、入口に向かった。

「はい、どなた――あら、どうしたの？」

アキがびっくりしたような声をあげた。

「の、野上さん、いますか」

相手はぜいぜいと荒い息をしながら、尋ねていた。

「いるけど、どうかしたの？」

「ちょっと、大変なんです」

やがて声の主が中に入ってきた。

「なんだ、武井君か。どうかしたのかね？」

武井刑事は肩で息をしていた。顔は真っ赤で額に汗をかいている。

「げ……現場から自転車で走ってきたんです。車がなくて。電話もつながらないし」

「あたしがここに来る前に電話したのね。もう少し経ってからかければ、あたしが出られたのに」

アキが言うと、

「あ……そうだったんですか。そいつはどうも……」

武井は恐縮していた。

「ところで現場というのは？」

私が話を戻してやると、彼は勢い込んで、

「天霧邸です……こ、殺されました」

「殺されたって……、誰が」

私はおうむ返しに訊いた。武井は苦しい息の下から、やっと言葉を洩らした。

「天霧、和馬です。彼が……やられました」

第十三章　血塗られた天使

天霧邸に到着したのは、午後八時をすぎた頃《ころ》だった。日は暮れて、空にはいくつか星が出ていた。

すでに警察の人間が集まっていた。私が車を屋敷の眼の前に停めると、制服の警官が近づいてきて、

「こら、こんな所に駐車しちゃいかん。移動しろ！」

と居丈高に怒鳴った。しかし助手席に座っていた武井の姿を認めると、急に顔を強ばらせた。

私はかまわず車から降りた。警官は一緒に降りた武井刑事に敬礼をする。

「どうも最近の警官ってやつは……」

言いかけて、やめた。今は武井に嫌味を言っているときではない。

屋敷に入ると、高森警部が待っていた。これ以上はないというほど不機嫌そうな表情だった。

「いい面の皮ですよ。瑞江殺しの犯人の目星もつかないうちに、こんなことになっちまった。しかも被害者はこの街の有力者だ。こりゃ、いよいよ危ないかな」

彼は自分の首を手刀で切るふりをしてみせた。

「そう先走って心配することもないさ。今は犯人を見つけることのほうが先だよ」

私は言った。

「被害者はどこだね？」

「奥の書斎です。案内しますよ」

警部は私を、被害者のいる部屋まで連れていった。一階の一番奥の部屋だった。

十五畳くらいの広さがあっただろうか。胡桃《くるみ》材らしい柱と漆喰《しっくい》の壁で囲まれた、暗い雰囲気の部屋だった。書斎ということだったが、書棚は壁の一方にあるだけで、並んでいる本も経営学や経済学、政治についての書物がほとんどだった。反対側の壁には洋酒の瓶が並んだ棚があり、その脇《わき》には小さな流しと小型の冷蔵庫が据えられている。

書棚に面するようにして大きな書斎机が置かれていた。事務所にある私の机の三倍の大きさはあるだろう。

天霧和馬はその机の上に突っ伏すようにして、事切れていた。

少し右を向いた顔は驚愕《きょうがく》に歪《ゆが》んでいる。陥没した頭から血が流れ出て、髯《ひげ》を伝いながら机に溜《た》まっていた。おそらく即死だろう。

絹製の青い部屋着の下は、寝巻きを着ていた。机の上に置かれていたらしいインク瓶や便箋《びんせん》、硝子《ガラス》製の大きな灰皿などは、机の周囲に散らばっていた。倒れた拍子に和馬が払い落としたのかもしれない。

今回も検死をしているのは角田だった。

「たぶん、こいつが凶器だな」

彼は床に転がっている代物を指差した。それは高さ五十センチほどの大理石製の天使像だった。白鳥のような羽を広げ、右手で天を指差しながら今しも飛翔《ひしょう》しようとしているかのような天使の顔には、慈愛に満ちた微笑みが浮かんでいる。いや、いるはずだ。しかし今は、その表情は真紅の血に染められて判別できなくなっていた。

警部は手袋をした手でその天使像を持ち上げようとした。

「おっと……こいつは重いぞ」

慎重に持ち上げると、血に染まった像をまじまじと見つめた。

「右手が少し欠けてるな。どうやらこの像が手刀で被害者の脳天を突き破ったらしい」

「ちょっと見せてくれないか」

私も手袋をすると、警部から像を受け取った。

一瞬、体の平衡を崩しそうになった。

「大丈夫ですか」

「ああ、大丈夫だよ。しかし本当に重いね。危うく腰を痛めるところだった」

私はあらためてその天使を検分した。美術品としての価値も、相当なものだと思えた。おそらく、欧州あたりからの輸入品だろう。豊かな髪が水の流れのように彫刻されているが、警部が言うとおり天を差す右手の人差し指の先端が欠けていた。

私はゆっくりと像を床に下ろした。

「被害者は、いつ発見されたんだね？」

私は警部に尋ねた。

「今から四十分くらい前ですよ。使用人のひとりが酒の肴《さかな》を持って入ってきたら、こうなっていたそうで」

「和馬はいつもこの書斎で酒を飲むのかね？」

「そうらしいですな。家に帰ってくると日課のように、こうしてくつろいでいたそうです。それにしても……」

と、警部は和馬の遺体を見つめながら、

「指一本で市長や市議会をも動かせるとまで言われた人間にしては、無惨な最期ですな」

「そうだね。酷《ひど》いよ、これは」

私も言った。

「どうしてこんなことを……、今殺さずともよかったのに」

「そう、自分の手を汚さずともね」

警部は私の言った意味を理解しているようだった。

和馬の病状がどれほど深刻なものなのかわからないが、周囲の人間の動きからすると、かなり悪かったのだろうと推察できる。おそらく遠くない将来に、彼の命は病によって断たれたのではないだろうか。

和馬には、もう時間がほとんど残っていなかったのだ。なのになぜ、殺されなければならなかったのか。

「今日、この屋敷にいたのは？」

「和馬と使用人が三名。それから例のお妾《めかけ》さんです」

「夏目由紀子か……彼女は今どこに？」

「隣の部屋で待たせてあります。これから事情を訊《き》くところですが、一緒にどうです？」

本当は彼女と一対一で話をしてみたかったのだが、そんなわがままを言える状況ではない。私は警部と一緒に隣室に向かった。

小さな洋室のソファに腰を降ろし、由紀子はうつむいていた。今日は浅黄色の和服姿だ。結い上げた髪が少しほつれて額にかかっている。白い手巾《ハンカチ》を持った細い指が、かすかに震えていた。

「さて夏目さん、ちょいとばかりお話を伺いたいんですがね」

警部はそんな由紀子の風情など頓着《とんちゃく》しない様子で、彼女の真向かいに立った。

「もう一度、最初から確認させてもらいますよ。天霧さんが帰ってこられたのは何時でしたか」

「………………」

由紀子はほとんど唇を動かさずに、よく聞き取れない声を洩《も》らした。

「はあ？　何ですと？」

警部は不機嫌そうな声で聞き返す。

「……六時頃でございました」

由紀子はか細い声で、そう言った。

「六時ですな。それから天霧さんは何をされたんですか」

「お戻りになってすぐお食事をなさいまして、お風呂の後で書斎に……」

「それは、いつものことなんですね？　風呂に入った後で書斎に籠《こも》るってのは」

「はい……、あちらでお酒をお召しになるのが、旦那《だんな》様の習慣でございました」

由紀子はかすれた声で答えていた。先日会ったときにはほとんど話らしい話もできなかったので、「申しわけございません」という言葉以外に彼女の声をまともに聞いたのは、これが初めてだ。思いのほか低い声だった。

「ふむ、そうですか……」

警部は考え込んでいたが、

「ちょっと、現場にご足労願えませんか。直接説明していただきたいことがありますんでね」

そう言うと由紀子を書斎に連れていった。

書斎には、和馬が突っ伏したままになっていて、検死がまだ続けられていた。和馬の遺体を眼にして、由紀子の足元が一瞬揺らいだ。

私は倒れそうになる彼女の体を支えた。

「大丈夫ですか」

「あ、はい……申しわけありません」

由紀子はうろたえながら身を起こすと、私から離れた。

警部は洋酒の並べられた棚に近づくと、中を覗《のぞ》き込んだ。

「ふっ、俺なんか一生飲めねえような高級な酒がごまんと並んでいやがる。夏目さん、この石像なんだが」

と、彼は鑑識員のひとりが重そうに持ち上げていた天使像を指差して、

「こいつは、この書斎に最初からあったものですか」

「はい……」

由紀子は消え入りそうな声で答えた。

「ふむ、和馬さんはこの手の代物が好みだったんですな」

警部は酒の並んでいる棚の上を見廻しながら、面白くなさそうに言った。そこには金色の置時計や陶製の人形や硝子製の花瓶など、舶来品と思える品物が所狭しと置かれていた。

「池田、この上のごちゃごちゃした品物も、一応全部調べておけ。全部の指紋を取るんだ、いいな」

「はあい」

池田はのんびりした口調で答える。

「きりっとした返事をせんか！」

突然警部が怒鳴った。池田以外の人間はみな、警部の怒号に眼を見張った。

「さて、夏目さん」

警部は打って変わって穏やかな口調になって、

「今日一日、あなたはどこで何をしていましたか」

「は、はい……あの……」

由紀子は怯《おび》えていた。今の怒鳴り声が効いているらしい。

私は、警部が急に部下を怒鳴ったのが、じつは彼女を間接的に恫喝《どうかつ》するためだったのだと悟った。

「わたしは、ずっと、このお屋敷におりました」

「一歩も出ていないんですか」

「はい……わたしは、このお屋敷に参りましてから、一度も外には出ておりません」

「一度も？　そいつはまた、どうして？」

「あまり出歩きたくないのです。体が丈夫ではありませんから」

青白い顔に怯えの表情を滲《にじ》ませたまま、由紀子は答えた。

「それに旦那様も、わたしをあまり外には出したがりませんでしたから……」

「なるほどね。ところで最近、和馬さんの周辺で変わったことはありませんでしたかな？」

「さあ……瑞江さんが亡くなりましたので、警察からご遺体が返され次第お葬式をすることになっておりました。その準備などはありましたが、それ以外には特に……」

「ご親族の方々は、この屋敷に出入りしているのですか」

「はい、最近は、足しげく通っていらっしゃいます。塔馬様も、敬一様も、昨日いらっしゃいました」

「一緒にですか」

「いいえ、別々にいらっしゃいました」

「何の用だったんです？」

「それは、わたしにはわかりかねます。そういうお話には加われませんので」

「なるほどね」

警部はまだ疑わしそうな表情で、由紀子を見ている。

「夏目さん、水上啓子さんはどうです？　最近こちらにいらしたことはありませんか」

私が代わって尋ねた。

「水上……旦那様の奥様でいらしたかたですね。そのかたでしたら、今日いらっしゃいました」

「今日ですか。それいつ頃ですか。いったい何の用で？」

「午後五時頃でした。お仕事の件でとおっしゃっておられました。旦那様がお帰りになるまで待つからと言われまして、しばらく応接室にいらっしゃいました。でも、旦那様がお帰りになった後しばらくお話をされて、すぐにお帰りになりました」

「帰ったときは、どんな様子でしたか」

「さあ……わたしには、わかりかねます」

由紀子は、はっきりとは言わなかった。答えをはぐらかしているような気がした。

「話を昨日のことに戻したいんですがね」

警部が言った。

「塔馬さんと敬一さんがここに来たのは、何時頃だったんです？」

「……塔馬様がいらしたのは、午後六時をすぎた頃だったと思います。敬一様はその後、八時近くだと記憶しておりますが」

　由紀子は警部の問いかけに、すぐに返答していたわけではない。考えをまとめているのか、あるいは意識をなんとか現実に留めようとしているのか、言葉が出るまでにしばしの時間がかかるのだった。警部は彼女に質問しながら、次第に機嫌を悪くしていった。彼のように手際よく話したり行動したりする人間には、由紀子のような反応は歯がゆくてたまらなかったのだろう。とうとうたまらなくなったのか、

「池田、あとはおまえが訊いておけ。俺は疲れた」

と言って訊問《じんもん》をやめてしまった。

「はいはい」

池田は鷹揚《おうよう》に頷《うなず》くと、由紀子に質問を続けた。

そんな姿を横目で見ながら、警部は私の耳元で毒づいた。

「ああいう何を考えているかわからん人間には、何を考えているのかわからん刑事をつけるのが一番ですな」

　私は肩をすくめてみせるだけにした。

　やがて角田の指示で、和馬が運び出されることになった。数人の鑑識員が遺体を担架に載せると、ゆっくりと扉から出ていった。それは、ひどく殺風景な葬列だった。

「どれ、俺たちも移動しましょうか」

警部が声をかけてきた。

「そうだね、そうしようか」

私は頷いて、彼と一緒に書斎を出ようとした。

そのとき、ふと思いついて由紀子に声をかけた。

「樋口さん、樋口雪子さん」

由紀子はゆっくりと私のほうにふりむいた。その眼には、何も映っていなかった。

「はい?」

彼女は首を心持ち横に傾けていた。

「樋口って、どなたでしょう?」

「いや、いいんです」

私は手を振った。そして書斎を出た。

「今の、何のまじないなんです?」

警部が訊いてきた。

「ちょっとね」

私は曖昧《あいまい》に答えておいた。

今の由紀子の反応を見て、私は確信を持った。

彼女は、樋口雪子という名を知っている。

第十四章　叔父と甥の確執

「家政婦の宮日幹子《みやびみきこ》の証言によると、天霧和馬の遺体が発見されたのは、えっと……午後七時半頃、内線電話で肴を持ってくるように指示されて書斎に入った彼女が見つけたということです」

武井が自分の手帳を見返しながら、緊張した面持ちで報告を始めた。場所は天霧邸の二階にある客間である。ここを一時的に捜査本部として借りたのだ。

「和馬が屋敷に戻ってきてからの行動は、宮日その他の使用人たちに確認したところ、えっと、誰だったかな……そうそう、夏目由紀子の証言と一致しました。和馬が帰宅したのは午後六時。それからすぐ夕食をとって風呂に入り、午後七時には書斎に入っています」

「慌ただしいな」

高森警部が感想を洩らした。

「帰ってきて一時間で飯を食って風呂に入ったのかよ。どうしてそんなに急いでいたんだ？」

「それは……別に特別なことではなかったみたいです。和馬はいつも食事と入浴にはほとんど時間をかけなかったらしくて、毎日こんな調子だったようです」

「ふん、つまらん生活だな。飯と風呂くらい、ゆっくりと時間をかければいいのに。寸暇を惜しんで銭儲《もう》けをしたかったのかねえ」

「では、和馬の帰宅は予定どおりの行動だったわけだね？」

私は尋ねてみた。

「使用人たちも和馬が帰ってきたらすぐに食事ができるように、用意していたわけなんだろ？」

「は？　ええ……そうみたいですね」

武井はあわてて手帳をめくる。

「そ……そうでした。今日は六時に帰るからと言って仕事に出かけたそうです。帰ってきたらすぐに食事ができないと機嫌が悪くなるとかで、準備をしておかなければならなかったみたいです」

「あきれたせっかち屋だったんだな」

警部は言った。

「そういう人間の下で働かなきゃならん奴らに同情するね。まあ、今日でそのお役目からは放免になっちまったわけだが。それはともかく、天霧家関係者の今日の行動はわかったか」

「えっとですね……天霧塔馬は今日、山の別荘から帰ってきた後、五時すぎから釣りに出かけたそうです」

「釣りだあ？　どこにだよ？」

「尾奈浜《おなはま》だそうです。ここから車で一時間もかからずに行けます」

「別荘に行って、その次には夕方から釣りに出るなんざ、優雅なことだな。で、塔馬は今でもそこにいるのか」

「いえ、電話で宿に連絡をしたら、大急ぎでこちらに帰ってくると言ったそうです。もうそろそろここに着く頃だと思います」

「じゃあ、塔馬がやって来たらみっちり調べさせてもらおうか。それで、息子の敬一は？」

「国会議員の中畑義文について、市役所に籠っていました。どういう理由でかは、教えてもらえませんでしたけど」

「そいつは多分、あれさ。後継者人事ってやつだよ」

警部は訳知り顔で言った。

「中畑義文もいい歳だからな。そろそろ国会議員の地位を譲ろうって気になったみたいだ。彼の地盤をそのまま引き継げば選挙でも当選は確実だろうから、後釜《あとがま》に座りたい権力亡者どもは結構いるみたいだがね」

「ほう、なかなか事情通だね」

私が言うと、警部は鼻の頭を掻《か》きながら、

「なに、警察の偉いさんたちが茶飲み話してたのを、洩れ聞いただけですよ」

「天霧敬一も、その後継者のひとりなんだろうね？」

「最有力候補ってところですよ。なんたって天霧和馬の息子だ。これ以上の武器はないでしょう」

「しかし今回の事件で、それもどうなるかわからなくなっただろうね。後ろ盾の父親がよりによって殺されてしまったんだから。こいつはかなりの醜聞だろう」

「どうだかわかりませんぜ」

警部はいたって冷笑的だった。

「政治の世界ってのは、常識なんて通じませんからね。そもそも親玉の中畑先生からして、何度も建設業者との賄賂《わいろ》がどうとか噂《うわさ》が立っていながら、結局は部下の部下の下っ端が数万円程度の饗応《きょうおう》で捕まって終わりでしたから。金の臭いのする所には、かならず首を突っ込んでるってのがもっぱらの噂ですしね。本人が直接逮捕されるようなことにならないかぎり、天霧家の財力を背負った敬一の立場に変化はないでしょうよ。もっとも、敬一自身が親父殺しの犯人だっていうのなら、当然話は違ってきますがね」

「天霧敬一が犯人なんですか」

　武井がびっくりしたような顔で訊いた。

「たとえばの話だ。早とちりするなよな」

　警部は半ば呆れながら言った。

「あ、そうだったんですか……すみません」

　武井は大柄な体を小さくした。

「謝ってる暇があったら、話を続けろ。今度は草野鉄也だ。あいつの居所は？」

「それが、わからないんです。この屋敷のすぐ近くに彼の家があるんですが、そこには帰っていないようで」

「いつから帰っていないんだ？」

「今日です。午後六時に和馬が帰宅するまでは、一緒に行動していたみたいなんですが、その後の足取りがぷっつりと途絶えてしまって……」

「……妙だな」

　警部は呟《つぶや》くように言った。そしてそれまで黙って話を聞いていた池田に向かって、

「おい、至急草野の行方を捜すように一課に伝えろ」

「はあい、わっかりました」

　池田にしては珍しく敏速な動きだった。すぐに部屋を出ていったのだ。

「あいつ……退屈してたな」

警部の眼が細くなる。

「まあいい、草野のことは池田に任せよう。残りは水上啓子だが……武井、こっちのほうはわかってるか」

「はい、水上啓子は今日一日、自宅で自分の店の帳簿をつけていたと言っています。ただそれを証明してくれる人間はいないようなんですが」

「疑えば疑えるわけだな。しかし疑わしいと言えば、どいつもこいつも黒っぽい奴ばかりじゃないか」

「議員たちと市役所にいたという敬一を別にすれば、他の三人には和馬を殺す時間はあったかもしれないね」

私は言った。

「現場不在証明《アリバイ》がはっきりしていない草野と啓子だけでなく、塔馬だってここから車で一時間の距離なら、和馬を殺して戻ることは可能だろう」

「それを言うなら、敬一だってわかったもんじゃありませんよ。議員の先生や市役所の取り巻きたちと口裏を合わせれば、なんとでもなりますからね」

自分自身も公務員なのに、警部は議員や役人といった人種には特に冷淡なようだ。

「ところで警部、ひとつ気になったことがあるんだが」

「なんです？」

「あの凶器だよ。変だと思わなかったかね？」

「変と言うと……」

警部には何のことか、思いつかないようだった。

「私も持たせてもらったが、あの天使像はひどく重い。しかもでこぼこして持ちにくい代物だった。わざわざあれで人を殴ろうとするなんて、ずいぶんと酔狂だとは思わないかね？　あの書斎には硝子の灰皿とか花瓶とか、他にも手軽に凶器として使えそうな品物がいくつもあったのにだ」

「そう言われれば、そうですな」

警部も私の疑問に納得したようだった。

「あれを使ったのがそれなりに力のある奴だってことはわかるんだが、それにしてもどういう理由であんなもので殴ったんだか……たしかに妙だ。いったい――」

そのとき扉が開かれて、ひとりの警官が入ってきた。

「警部、被害者の弟と名乗る人物がやって来ましたが」

「お、来たか」

警部は揉《も》み手《で》をして立ち上がった。

「凶器の話は後にして、話を聞いてやるかな。おい、その弟さんをここにお連れしろ」

やがて客間に現われた天霧塔馬は、顔を上気させ息を荒くしていた。

「兄貴はどこだ？　犯人は見つかったのか⁉」

塔馬は頭の先から足の先まで釣り人の装備で固めていた。ご丁寧なことに、手には釣り竿《ざお》が入っているらしい長い袋まで下げている。よほど大切な代物なのだろう。

「天霧和馬さんは、ただいま司法解剖のために移されたところです」

警部は丁寧な口調で言った。

「残念ですが、犯人はいまだ見つかっておりませんが、必ず逮捕してご覧にいれます。そのためにも関係者の方々のご協力が必要なわけでして。お話を聞かせていただけませんかね」

「聞かせてやるとも。犯人はわかっておる。兄貴の腹黒い息子だ。あいつが実の親を殺したんだ」

塔馬は息巻いた。

「あなたがおっしゃっているのは、敬一さんのことですか」

「他に誰がおるか」

「そんなに自信たっぷりに言われるところをみると、何か証拠でもあるんですか」

「ある。それはもう、そこにおる探偵に話した」

彼は私を竿で指し示した。

「敬一は新しい遺言書で自分の取り分を減らされたのだ。それを根に持って瑞江と兄貴を殺したんだ。君はまだそのことを警察に話しておらんのか。そんなことだから兄貴をみすみす殺されるようなことになるんだぞ」

私が言い返す前に、警部が口を挟んだ。

「何ですって？　遺産の取り分を減らされたってのが証拠なんですか。他には？」

「それで充分だろうが！」

塔馬は警部を睨《にら》みつけた。相手が塔馬の部下なら震え上がって口答えなど考えもしないだろう。そんな形相だった。

しかし鬼高は違う。血生臭い凶悪犯たちとまともに渡り合ってきた百戦錬磨の強者なのだ。

「残念ですが、それでは証拠にはなりませんなあ。もっと物的なものはないんですか」

「そんなもの、必要なかろうが！」

塔馬は怒鳴った。声の勢いだけで警部をやり込めようとしている。

「早く奴を逮捕せんか。貴様それでも公僕か！」

「公僕ってのはですね、個人の使いっぱしりではないんですよ」

警部の口調は静かだったが、塔馬に勝るとも劣らない迫力を持っていた。

「あんたひとりの思惑で警察が意のままに動かせると思ったら、大間違いですな」

「ま……なんだと……！」

塔馬は赤くなった顔をさらに紅潮させた。

「貴様……何様のつもりで……！」

「まあまあ、そんなに熱くならないでいきましょうや」

警部は相手の怒りをはぐらかすように、

「とにかく今は、和馬さんを殺した犯人を捕まえることが先決です。そのことに異論はありませんでしょうな？」

「あ、あたりまえだ。だからこそ俺は――」

「だったら協力してくださいよ。質問に答えていただくだけでいいんですから」

「……何を訊きたいんだ？」

塔馬の怒りは少し治まってきた。と言うより、警部にはぐらかされて勢いを失ったようだった。

「今日は別荘からお帰りになってから、すぐ釣りに出かけられたそうですね？」

「ああ、明日は休みを取ってあるんで、久しぶりに夜釣りをしようと思ってな」

「それは、前から計画されていたんですか」

「そうだ。一週間前に宿を予約した」

「おひとりで出かけられたんですか」

「俺は釣りをするときは、いつもひとりだ」

「宿には何時に到着されたんですか。その後の行動は？」

「……君は何を考えておるのかね？」

塔馬はまたまた不機嫌になる。

「まるで俺を疑っているような質問ぶりだな」

「そんなことはありません。ただ捜査の都合というやつです」

警部は慇懃《いんぎん》に言った。

「疑わしい人間を特定するためには、疑わしくない人間を排除していかなければなりませんからな。そのための質問と受け取っていただきたいのです」

「……宿に着いたのは、六時半頃だった」

塔馬は観念したように――表情は固いままだったが――話しはじめた。

「本当かどうかは宿の人間に問い合わせてもらえばわかる。宿で飯を食って、そろそろ釣りに出かけようかと思っているところへ電話がかかってきた。それで急いでここに飛んできたというわけだ。兄貴が殺されたのは何時頃だ？」

「午後七時から七時半の間、ということになってます」

「だったら俺が殺したのでないことは明々白々だな。その時間は宿にいたんだから」

塔馬の表情に少し余裕が見えてきた。

「で、敬一の奴はどうなんだ？　あいつの現場不在証明《アリバイ》はあるのか」

「現在調査中です」

警部はあっさりと言いのけた。

「早く調べるんだな。きっと穴があるはずだ」

塔馬は憎々しげに言った。

「もちろん、遺漏なく調べるつもりでおりますよ。ところで昨日もここにいらしたそうですが？」

「弟が兄の家を訪れて、何が悪いんだ？」

塔馬は突っかかるように、

「仕事のことで打ち合わせにきただけだ。すぐに帰った。敬一の奴がやって来たんでな」

「敬一さんのほうが後から来られたわけですな？　なんのお話で来られたのか、ご存じですか」

「さあな、おおかた金の無心だろうよ。敬一も敬一がついてる議員も、何とかして金を手に入れようとしていたからな」

塔馬の言葉は容赦がなかった。

「やれやれ、甥《おい》っ子が心底憎いようですな、あの御仁《ごじん》は」

塔馬が部屋から出ていった後、警部は呆れたように頭を振った。

「和馬の遺産を巡って、敬一と彼は対立しているようだからね」

私は言った。

「本当に彼が敬一を犯人だと思っているのかどうか、よくわからない。しかしこの事件を機会にして、彼を追い落とそうと考えていることは、間違いないようだ」

「そういう家庭内のいざこざで、捜査を混乱させてもらいたくはないですな」

警部は不満そうに下唇を突き出す。

と、また警官がひとり部屋に入ってきた。

「被害者の息子さんがいらっしゃいました」

「千客万来だ。うれしいね」

警部は茶化すように言った。

「よし、こっちに連れてこい」

部屋に入ってきた敬一は、すっかり青ざめていた。

「父が殺されたというのは本当ですか」

「残念ですが、そのとおりです」

警部が言うと、敬一はよろよろと壁に倒れかかった。

「なんてことだ……瑞江のことがあって間もないというのに……いったい、誰が？」

「まだわかりません。現在捜査中でしてね。あなたにも協力していただきたいんですが、よろしいですかな？」

「もちろんです。どんな協力も惜しみません」

敬一は手巾で額を拭《ふ》きながら言った。

「では、まず今日のあなたの行動から教えていただけませんか」

「今日はずっと中畑先生と行動を共にしておりました。来年の選挙に向けての準備がすでに始まっておりまして、午前中は後援会の方々との会議で、そして午後からは公会堂で政局についての講演を行いました。それが終わった後、市役所で市長や助役との打ち合わせがありました。ちょうど市から運輸省のほうへ陳情しなければならない案件がありまして、その稟議書《りんぎしょ》の作成を今日中に行わなければならなかったのです。五時からその打ち合わせに入って、書類の内容が決定したのが七時少し前でした。それから私がその内容に基づいて稟議書を作成し、完成したのが八時すぎでした。先生や市長に書類の最終的承認を得て、やっと一息ついたところで、父が殺されたという連絡を受けたのです。本当に驚きました」

敬一は終始静かな口調で話した。先程の塔馬とは正反対の印象を受けた。

「稟議書とやらを書いていたときは、おひとりだったんですか」

警部が尋ねると、彼は頷いた。

「ええ、その段階までくると、あとは打ち合わされた内容を書類にまとめるだけですからね。市役所の会議室をひとつお借りして、ひとりで書いておりました。その間、中畑先生と市長には別室で待っていただいていましたので早く書き上げねばと、かなり急いで書き上げました」

「では七時少し前から八時すぎまで、あなたはひとりきりだったんですね？」

「さようです」

敬一は悪びれもせずに答えた。

「なるほどね……」

警部は何か考え込んでいる様子だったが、

「ところで昨日もこちらにいらしたそうですが、どんなご用だったんです？」

「昨日ですか、昨日はちょっとした相談でした」

「相談、と言いますと？　差し支えなかったら、教えていただけませんかね？」

「事件とは、直接関りなどないことなのですがね」

敬一は少々気を悪くしたようだった。

「昨日は父の息子としてではなく、中畑議員の秘書として、街の発展に寄与すべき重大な提案を持ってきた、とだけ申しておきます。それ以上のことを今の段階では、私ひとりの一存でお話しすることはできません。どうしてもとおっしゃるのなら、中畑と久野市長に了解をいただいてください」

「なるほどね、では必要を感じたら、そちらに話を持っていくことにしますよ」

　警部はこともなげに言った。敬一は議員と市長の名を出せば警部が臆《おく》すると思っていたのだろう、意外な返答に驚いているようだった。

　警部は敬一の狼狽《ろうばい》に乗じるかのように、質問を続けた。

「ときに敬一さん、和馬さんを殺害した人間について、何か心当たりはありませんか」

「そうですね……」

　今度は敬一が考え込む。

「息子の私がこう申すのもなんですが、父には敵が多かったと思います。会社経営に関しては妥協をしない人間でしたから、色々なところで父と対立していた人間は多いでしょう。しかし殺そうとまで考えるような者がいたのかどうか、そこまではわかりかねます」

　敬一は慎重に言葉を選んでいるような気がした。

「天霧塔馬さんについては、どうお考えですかな？」

　警部は続けて質問する。

「叔父ですか。彼はいい意味でも悪い意味でも野心家です。おそらく父の死で一番活気づくのは叔父だと思います。父の持っていた利権をできるだけ自分の物にしようと画策するでしょうからね」

聞きようによってはひどく刺《とげ》のある意見だったが、敬一の口調にはほとんど感情が籠っていなかった。

「すると、これからは塔馬さんとあなたが対立する形になるわけですな？」

警部はさらに意地悪な質問をしたが、それに対しても彼は感情を表に出さなかった。

「ある意味ではそうでしょう。私も主張すべきところは主張するつもりでおりますから。しかし私は、政治に自分の活動の場を求めた人間です。ですから会社経営については、ある程度叔父に譲ってもいいと考えております。その点では双方の妥協点が見出せると確信していますよ」

「なるほど、ご立派なご意見ですな」

警部はさして感心していないような口振りだった。

「ひとつだけ、よろしいでしょうか」

声をかけると、敬一はゆっくりと私のほうを向いた。

「何でしょうか」

「由紀子さんのことなんですがね。これから彼女の身のふりかたは、どうなるんでしょうか」

「さあ、そこまではまだ考えてもおりませんでしたが」

敬一は薄い笑みを浮かべて、

「あのままでは彼女も不憫《ふびん》ですから、私が然るべき所に住む場所を見つけてもいいと思います。それがこの街かどうかは、まだわかりませんがね」

第十五章　手品のからくり

天霧邸からの帰り、途中にあった洋食屋で軽い夕食をとった。

一日走り廻ってろくに食事もしていなかったのだが、あまり食欲はなかった。結局半分も食べないうちに店を出てしまった。

そのかわり、無性に酒が飲みたくなった。頭の芯に凝り固まった疲れをほぐすのに、酒の力が必要だったのだ。

事務所に車を停めると、少し歩いて小さな店に入った。洋酒専門の薄暗い店だ。ここには数回しか入ったことがない。たしか俊介が来てからは一度も利用していないだろう。しかし今日のような気分のときには、うってつけのような気がした。

店内は八割がた客で埋まっていた。私は空いていた隅の席に腰を降ろし、水割りを注文した。店内の明かりは壁に取りつけられた洋燈《ランプ》と卓上に置かれた蠟燭《ろうそく》だけだった。辛うじて隣席の人間の顔がわかる程度でしかない。ほとんどの席が男女ふたりづれで座っていた。顔をくっつけそうなほど近づけて、親しげに話し込んでいる。以前はもっと独り身の客が多かったように思ったのだが、いつの間にか客層が変わってしまったようだ。なんとなく、居心地が悪い。しかし、いまさら出ていく気にもなれなかった。

やがて届いた水割りを、一気に飲んだ。酒精《アルコール》が舌を包み、喉《のど》を熱くした。そして胃に収まると、ゆっくりと全身に広がっていった。

「素敵な飲みっぷりね」

背後から声をかけられた。女の声だ。

私は思わずふりむいた。薄暗くて相手の顔はわからない。しかし、どこかで聞いた覚えのある声だった。

「でも、そういう飲みかた、お酒に対して失礼だわ。ご一緒してもいいかしら?」

「あ……ええ、どうぞ」

いささかうろたえながら答えると、相手はグラスを持ったまま向かい側の椅子に腰を降ろした。蠟燭の明かりに、彼女の顔が浮かび上がる。見覚えのある顔だった。

「ああ梨花《りか》さん、あなたでしたか」

「そう、覚えててくれた?」

梨花は形のいい眉《まゆ》を反らせて、笑みを作った。

梨花とはこの夏の始め頃に、彼女の祖父が残した遺産がらみの事件を調査しているときに知り合った。髪を短くしている上に、いつも黒っぽい背広を着ているので後ろ姿だけを見ると小柄な男性と間違えやすいのだが、その顔にはまだ少女らしいあどけなさが残っていた。身なりが男っぽいのは、手品師という職業のせいだろうか。百貨店の手品用品売場で、宣伝がわりに手品を披露しているのだった。

「今日は俊介君と一緒じゃないのね」

「俊介は今、友達と旅行に行ってますよ。それにこんな店では、彼を連れてくるわけにもいかない」

「たしかに、そうね」

梨花は笑った。

「梨花さんは、この店によく来るんですか」

「たまにね。ここでお酒飲みながら、ひとりでぼんやりしてるの。そういうのが性に合ってるみたい。野上さんもそうかしら？」

「私も、似たようなものですね。ここんとこ、そういうことはしなかったんですが」

「なあんだ、似た者同士か」

梨花はそう言うと、自分のグラスを私のグラスに軽く当てて、

「じゃ、似た者同士で乾杯」

私もグラスを眼の高さに上げると、今度はゆっくりと飲んだ。

「ねえ、あれ、やってみた？」

「あれ、と言いますと？」

「ほら、あたしが売ってあげた『消える金貨』の手品」

「あ、ああ、あれね……あれはたしか……」

「やってないんだ」

梨花の眼が笑っていた。

「申しわけない。買ったまま封も切ってません」

私は正直に言った。

「駄目ねえ。手品のひとつも覚えておけば、女の子にも人気が出るってもんなのに」

梨花はグラスの中の酒を飲み干すと、どこからか金貨を一枚取り出して、空になったグラスに放り込んだ。そして掌でグラスに蓋《ふた》をし、卓の上に軽く押しつけた。

掌を離すと、グラスの中の金貨は消えていた。

「相変わらず、見事な手際ですね」

私が感心しながら言うと、梨花は唇に微笑みを浮かべながらグラスを持ち上げた。金貨はグラスの下にあった。

「こんなの初歩よ。少し練習すれば、どうってことないわ」

梨花は卓の上の金貨を取り上げると、掌に握り込んだ。そして指を一本ずつ広げていく。五本全部を広げたとき、またも金貨は消えていた。

私はふと思いついて訊いてみた。

「梨花さん、たとえばですね、手品を使って誰かが飲むはずのコップに毒を仕込むなんてことは、可能でしょうか」

「毒？　突然物騒な話ね」

梨花は眼を丸くした。

「いや、これはあくまで例えばの話です」

「その眼は、例え話なんかじゃないって言ってるみたいだけどなあ」

梨花は悪戯《いたずら》っぽい表情で私を見ていたが、

「できないことはないわよ。これって要するに手先の技術ですもの。みんなが気づかないうちに手の中に隠していた毒をコップに放り込むことくらい、ちょっと手慣れた人間なら造作もないわ」

「その場合、遠距離でもいいんでしょうか。コップから離れていても可能ですか」

「まったく手を触れられないほど遠くってこと？」

「ええ」

「それは……難しいかもね」

梨花は肩をすくめた。

「遠くから物をコップに放り込むってことはできるかもしれないけど、音がするからすぐわかっちゃうしね」

「なるほどね……」

私は瑞江の事件のことを考えていたのだった。あれがもし、手品的な仕掛けを使って行われたものだとしたら、と考えたのだ。

遠くからは無理だとすると、やはり毒を入れたのは瑞江自身ということになるのだろうか。

「やっぱり、何か困ったことがあるみたいね」

梨花は私の顔を覗きこむようにして、

「どんな問題だかわからないけど、もしそれが手品のタネを見つけ出すようなものなんだとしたら、参考になることを教えてあげられるわ」

「と言うと？」

私が梨花のほうを見ると、彼女は茶目っ気たっぷりに顔の前で人差し指を一本立てて、

「その一、あると思ったものはない、ないと思ったものはある」

梨花は言いながら中指も立てた。と、人差し指と中指の間に、先程消えた金貨がふたたび現われた。

「たとえば手品師がここに金貨を置いて」

と、彼女は卓の上に金貨を置き、その上にグラスを載せた。

「こうやって金貨を隠すとするでしょ。お客さんはまだここに金貨があると思ってる。でも」

梨花がグラスをずらすと、金貨はなくなっていた。

「手品師が金貨を置いたとき、つまり金貨はここにあると思わせたとき、すでに金貨はここにはないのよ。グラスを載せる時点で、とっくに金貨は移動しちゃってるの」

「しかし、置いた金貨を動かす素振りも余裕もなかったみたいですが？」

「それが技術なのよ」

梨花は片眼をつぶってみせた。

「逆にこんなところにあるはずがないと思えるような場所に、じつはあったりするんだな。ほら」

彼女はそう言って私の手を取り、掌に自分の掌を合わせた。彼女の掌が離れると、私の手の中に金貨が残った。

「なるほどね」

感心するしかなかった。

「ではその二、偶然のように見えても、それは必然である」

次に梨花が取り出したのは、一山のトランプだった。彼女はそれを裏向きにして、扇のように広げながら、

「好きなのを一枚取って、覚えて」

私は言われたとおりに一枚抜き取り、表を見た。ハートの四だった。

「覚えたら、残りの札にそれを挟んで、好きなだけ切り混ぜて」

私が指示どおりにすると、梨花はトランプを受け取り、今度は自分で切り混ぜた。

そのとき、一枚の札が飛び出して私の前に落ちた。

「それ、取ってちょうだい」

私が拾い上げて渡そうとすると、

「その前に札をよく見てね」

と言った。見るとその札は、ハートの四だ。

「その札、野上さんが気に入ったみたい。だから逃げ出したんだわ」

梨花はそう言って微笑んだ。

「こいつは、驚いたな」

よくあるトランプ手品なのだろうが、眼の前で実際にやられてみると、不思議という他はない。

「いったい、どうやったんですか」

「タネを教えちゃったら、あたし廃業になっちゃうわ。だから秘密。でもね、これだけは教えてあげる。この手の手品の基本は強制法にあるの」

「強制法?」

「こちらが引いてほしいと思っている札を、お客さんに引いてもらう技術よ。さっき野上さんはハートの四を引いたわね。あれ、偶然あの札を引いたように見えるでしょ。でも違うんだな。あたしがハートの四を引いてもらいたかったから、わざと引かせたのよ。わかる?」

「そんなことが、できるのですか」

「できるわ。それができなかったら、一人前の手品師とは言えないくらいよ」

「うむ……」

私は答えようがなかった。タネを明かされても、あの札を引いたのはまったくの偶然にしか思えないのだ。

「いやまったく、すごいものですね。私は全然――」

「あら、どうかしたの?」

「……あ、いや……」

私は言葉を濁した。

そのとき、ひとつの天啓めいたものが閃《ひらめ》いたのだ。まだはっきりと形を成したものではない。だが、何かがわかりそうな思いつきだった。

――あると思ったものはない、ないと思ったものはある。

——偶然のように見えても、それは必然である。

「ちょっとすみません」

私はそう言って席を立ち、店の出入口近くにある公衆電話に向かった。

「もしもし、捜査一課の高森警部をお願いします……え、もういない？　では池田刑事か武井刑事はいませんか」

待つこと暫《しば》し、電話口に出たのは池田刑事だった。

「ああ、突然ですまないが、聞き落としていたことがあったんだ。天霧瑞江が持っていた鞄《かばん》の中にカプセル剤が入っていたよね。あれの中身はわかったかな？」

——ああ、あれですか。ただの鎮痛剤ですよ。

池田はのんびりした口調で答えた。

——頭痛がするってんで、瑞江がいつも通っている病院でもらってきたものです。中身も分析してもらいましたけど、変な物が混じってるなんてことは、なかったですよ。

「そうか……それとだね、塔馬と敬一の証言だが、確証を得られたのかね？」

——一応塔馬が予約した宿の主人に確認を取ったんですけど、証言どおりの時間にやってきたと言ってました。宿に入ってから和馬が殺されたって電話が来るまで、部屋から出なかったそうです。それから敬一のほうですけど、これも市長に確認しました。こっちも敬一の証言したことが裏付けられただけでしたね。彼はずっと中畑議員や市長と一緒だったそうです。

「しかし七時少し前から八時すぎまでの間は、ひとりになっていたんじゃなかったのかね？」

――たしかにそうです。でもその間は会議室に籠って稟議書とかいうのを書いてたんですよ。結構な分量のある書類らしくて、普通なら書くだけで四、五時間はかかるそうです。それを二時間程度で仕上げたんだからたいしたものだって、市長さんが感心してたくらいです。そんなわけだから、敬一が途中で市役所を抜け出して和馬を殺しにいくってのは――市役所と天霧邸の距離は三十分くらいですけど――不可能だと思いますけどねえ。

「そうか……」

池田の話を聞きながら、私の頭の中は忙しく回転していた。

「もうひとつ、塔馬が予約した宿の電話番号を教えてくれないか」

池田は手帳を見ながら番号を告げた。

――ついでに市役所の市長室の電話番号も教えましょうか。

「いや、そちらのほうはいいよ。どうせこの時間では、もういないだろうからね。どうもありがとう」

一旦《いったん》電話を切ると、今度は塔馬の泊まろうとした宿に電話をかけた。宿の主人が出てくれた。

ここで確認したいことは、ひとつだった。

「天霧塔馬さんは宿に到着してから電話を受けてお帰りになるまで、ずっと人目に触れる場所にいらしたのでしょうか。つまり、そっと宿を抜け出すことはできたのかできなかったのか、塔馬さんの部屋から宿の誰かに見られないで外に出ることは可能か不可能か、ということをお伺いしたいのです」

――見られないで、ですか。

主人は奇妙な質問に当惑している様子だったが、

――そいつは、無理でしょうな。うちは宿と言っても民宿みたいなもんですから、お客さんがそっと抜け出すなんてことは、まずできませんな。それに天霧さんのお部屋は二階だったんですが、あそこから外に出るには、窓から屋根づたいに飛び降りるしかないでしょう。

「ということは、屋根から飛び降りれば抜け出すことは可能というわけですね？」

――まあ、そうとも言えるんでしょうが、そんなことしたら、無事では済みませんな。なにせ宿は海に突き出した格好で建っておりますんで、その下は十数メートル下の海になっておるんですから。まあ、命はないでしょうよ。

「なるほど……そいつは……わかりました。どうもお邪魔しました」

私は礼を言って電話を切った。

次は市長だ。私は自分の手帳を開いて、市長の自宅の電話番号を捜した。市長の久野高彦氏とは個人的に面識があった。彼は俊介の同級生である久野徹君の父親だったのだ。

幸いなことに、久野市長は自宅にいた。

「突然お電話を差し上げて申しわけありません。じつは今日市役所で行われた中畑議員との打ち合わせの件でお伺いしたいことがあるのです」

——その件なら、警察にも話したがね。

市長は慎重な口調で言った。痛くもない腹を探られるのではないかという警戒心が働いているのかもしれない。

「存じております。そのことで少しだけ確認したいことがあります。これは人の命に関る重要なことなのです」

私が言うと、市長はしばらく黙っていたが、

——わかった。他ならぬ野上君のことだ。信用しよう。どんなことだね?

「ありがとうございます。中畑議員と打ち合わせをされたのは、ある稟議書についてのことだと伺っておりますが、どんな事柄について打ち合わせをされたんでしょうか」

——悪いが、稟議書の内容については話すことはできんな。これはまだ公にできない市の事業に関することなのだ。だがこの稟議書の中身については、すでにほとんどがまとまっ

ていた。あと若干の調整が残っていただけなのだよ。それがたまたま中畑さんの都合が悪くて打ち合わせの時間が取れずにいたために、切羽詰まっての打ち合わせになってしまったのだ。

「若干の調整というと、具体的にどのようなものでしょうか」

――要するに用語の問題だ。例えば市の審議会が答申した内容について『審議会では一部反対意見が出た』と書くか、あるいは『審議会では大多数が賛成した』と書くか、そういう問題なのだよ。くだらんことかもしれんが、様々な利権が絡む問題では、言葉遣いひとつについても慎重に協議をせねばならんのだ。わかるだろう?

「よくわかります。ではその打ち合わせでは、そうした言葉の問題を調整するだけだったのですね?」

――そうだ。と言っても、すんなりと結論が出たわけではない。中畑先生も押しが強いかただからな。

市長は受話器の向こうで苦笑しているようだった。

「調整がついて天霧さんが稟議書を書きはじめたのが午後七時より少し前頃だと聞いておりますが、それから書き終えるまでの間、天霧さんはどこにいらしたのですか」

――市役所の第六会議室だ。あそこが空いていたのでね。

「その第六会議室は、どこにあるのですか」

――一階の玄関近くだが、それがどうかしたのかね？

「いえ、なんでもありません。いろいろとありがとうございました」

――これでいいのかね？

「はい、結構です」

私が言うと、受話器はしばし沈黙した後で、

――この件は、厄介なことになりそうかね？　中畑議員に火の粉が降りかかるようなことにはなるまいね？

と訊いてきた。

「そのご心配は、不要でしょう」

――そうか。ならばいいのだが。

市長の言葉にかすかな弱気を感じた。中畑議員と彼とはいわゆる刎頸《ふんけい》の友というやつで、かなり親しい間柄だと聞いている。それだけに他人ごとではないのだろう。中畑議員に何かあれば、彼の支持基盤にも影響を与えかねない。

私はそうした政治家の権力構造についてはあまり詳しくもないし、好感も持っていなかった。しかし、そのことを直接口にする気にはなれなかった。市長と私は、同じ中学に子供を通わせている間柄なのだ。

「それでは、失礼します。夜分に申しわけありませんでした」

——あ、野上君。

私が電話を切ろうとしたところで、市長が声をかけてきた。

「は？」

——一言、礼を言っておきたいのだ。君と狩野俊介君にな。おかげで徹も明るくなってきた。私とも少しは話をするようになった。その……感謝しておるよ。

「いえ、こちらこそ別荘にお招きいただきまして、ありがたく思っております。俊介にも同年代の友人ができたので、心強く思っているんですよ」

——お互い、子供には苦労しておるようだな。

市長は苦笑しているようだった。

「そのようですね」

私も言った。彼の苦労と私の苦労ではいささか違いはあるのだろうが、苦労していると いう点では同じ立場なのだった。

電話を切って席に戻ると、梨花が所在なげに空のグラスを弄《もてあそ》んでいた。

「長い電話だったのね」

「すみませんでした。何本かかけておりましたんでね。もし、もう一杯飲む気があるのなら、私に奢《おご》らせてください」

「まあ、ありがたいこと。何かいいことでもあったの？」

「いや、ほんのお礼がわりです。あなたのおかげで、謎が少しだけ解けました」

「謎？」

「すべてが解決、というわけではありませんがね。とにかく光明が見えてきたことだけは確かです」

　私は自分の分と彼女の分のお代わりを注文した。

「じゃあ、遠慮なくいただくわ。男のひとに奢ってもらうなんて、久しぶり」

　梨花はそう言って微笑んだ。

「ねえ、今日はとことんつきあってくださらない？　なんだかずっと飲んでいたい気分なの」

「そうしたいのは山々なんですがね、この一杯を飲んだら帰らなきゃならないんです」

「あら、俊介君はいないんでしょ？　だったら……」

「酔ってしまうわけにはいかんのですよ。これから考えなきゃならないことがありますんでね。できるだけ頭をすっきりさせておきたいんです」

　梨花は私の話を聞いてつまらなそうな顔をしたが、

「しかたないわね。じゃあ、あたしは勝手に飲んでるわ。それ飲んだら、さっさと帰っちゃって」

　と、水割りを一気に飲み干した。

「そういう飲みかたは、お酒に対して失礼なんじゃないんですか」

「そんなこと言う奴なんて、くそくらえだわ」

梨花は私を睨んだ。そして小さく溜息をつくと言った。

「ほんと、男なんて、女の気持ちをわかろうともしないいんだから……そうでしょ?」

私は返事をしなかった。どんなことを言っても、自分が間抜けに見えてしまいそうな気がしたからだ。

第十六章　忌むべき真相

しかし家に帰ってきても、考えはまとまらなかった。つながりかけた事件の断片は、しかしそれ以上結びついてはくれない。どうしても他の事柄と組み合わさってこない断片があるのだ。

それは、夏目由紀子だった。

彼女が樋口雪子であることを、私はほとんど確信していた。雪子自身にその記憶があるのかないのか、それはわからないのだが。

しかし彼女がこの事件にどう関っているのか、それが見えてこないのだ。

あれこれと考えても、どうにもうまくいかない。そのうちにたった二杯の水割りが効いてきて、いつの間にか椅子に座ったまま、うとうととしてしまった。ふと気がつくと、外が明るくなっていた。腕時計を見ると、朝の六時になっている。

あわてて起き上がると、背中が突っ張ったように強ばっていた。変な姿勢で眠りこけてしまったせいだ。

「やれやれ……」

私は呟いた。

「俊介には見せられん醜態だな」

風呂を沸かして入り、髯を剃《そ》るとやっと眼がはっきりと醒《さ》めてきた。

開店時間に合わせて「紅梅」に向かう。

「あ、野上さん。大変なのよ大変」

私の顔を見たアキは、卓を拭いていた雑巾を持ったままますっ飛んできた。

「ん？　どうしたんだね？」

「そんな暢気《のんき》に構えてる場合じゃないのよ。あたしね、昨日野上さんの事務所から帰った後、とんでもないことを調べてきちゃったのよ」

アキはすっかり意気込んでいる。

「とっても重大なことなの。知りたいでしょ？」

「知りたいねえ。この店のおいしい珈琲と朝食を食べながら、聞かせてもらおうか」

「あっと、そうだったわね。店長、野上さんにいつものお願いねえ」

アキは奥のほうに声をかけると、私の向かいに座った。

「で、なにを調べてきたんだね？」

私は正直な話、アキの言葉をあまり真に受けていなかった。おそらくどこかで噂話でも仕入れてきたのだろうと思ったのだ。

　しかしそれは、間違いだった。

「あたしね、樋口聡子さんのお墓に行ったのよ」

「樋口聡子？」

「樋口静雄のお母さんよ。五年前に死んだっていう」

「ああ、そうか。彼の母親は聡子というのか。しかしアキ、どうやって墓のある所を調べたんだね？」

　私がよほど驚いた顔をしていたのだろう、アキは得意そうに顔を反らせて、

「へへん、たいしたもんでしょ。あたしにだって探偵の才能はあるんですからね。これくらいのこと、お茶の子さいさいってなもんよ。あたしね、昨日ひとりであの中学校の近くにあるお寺を全部廻ってみたの。五つもあったのよ。そこでお寺の住職さんに、樋口ってひとのお墓はないかって訊いたの」

「そいつはまた、ずいぶんと手間のかかることをしたもんだ」

　私のその言葉も賞賛の意味に受け取ったのだろう、アキはますます調子に乗って話した。

「まず二番目に行ったお寺で、樋口って名前のお墓を見つけたわ。でもそこには五年前に女の人が葬られたって記録はなかったの。それで別のお寺に行って四番目でまたひとつ見つけて、でもそれも違ってたのね。さすがに疲れちゃって、足は棒みたいになっちゃって、

でも最後のひと踏ん張りだからって自分を励まして、最後のお寺に行ったの。たしか天業寺って言ったわね。そこでどんぴしゃりのを見つけたのよ。五年前に女のひとが葬られている樋口って名前の墓をね」

そのとき、店長が珈琲と朝食のベーコンエッグを持ってきてくれた。

「それで今日は、朝から足が痛いって文句言ってるんだね」

店長は笑っていた。

「だって、ほんとにものすっごく歩いたんだもの」

アキは言い返した。

「君の努力は認めるよ。立派だ」

私が言うと、彼女はとたんに機嫌がよくなった。

「でしょ。あたしだって充分に役に立つわよね？」

「立つとも。ただ、ひとつ疑問があるんだが……」

「なに？」

「どうして樋口聡子の墓を捜そうとしたのかね？」

「だって樋口の家のひとは、もう残っていないんでしょ。だとしたら樋口静雄のことを知るためには、住んでいた家の近くで話を訊くしかないじゃない。でもどこに住んでいたかわからないから、まずその家を捜そうと思ったの」

「それでまず墓を捜し、そこから家を捜し当てようとしたわけか」

「そのとおり。いい考えでしょ」

アキはにっこりする。

「うん、なかなかいい思いつきだよ。たいしたものだ」

私は感心してみせた。

「へへん」

アキはすっかり得意になっていた。

正直に言ってしまえば、アキのやりかたはいささか的外れと言えた。樋口静雄という名前がわかってさえいれば、中学の古い名簿を調べるなりして彼の家の所在を知ることは容易なのだ。もうひとつ言えば、いちいち寺を捜し歩かなくとも役所でちょっとした技を使えば、どこに誰が葬られているかを調べることはできるのだった。

だが、そのことを彼女に言うつもりはなかった。アキは夜遅くまで一生懸命に調べてくれたのだから。

「それで、樋口静雄の住んでいた所はわかったのかね？」

私が訊くと、

「わかったわよ。まだそこには行ってないけどね。それよりもさあ、もっとすごいことを発見しちゃったのよ」

アキは身を乗り出した。

「ほう、なんだね？」

私は内心ではあまり期待していなかったが、尋ねてみた。

「樋口聡子さんのお墓の隣に、もうひとつ新しいお墓があったの。誰のだと思う？」

アキはもったいぶった言いかたをする。

「誰のだね？」

「それがね、なんと、樋口雪子さんのお墓だったのよ」

「……なんだって!?」

私は思わず手にしていた珈琲の器を落としそうになった。

「樋口雪子の墓？　本当なのかそれは？」

「もちろん本当よ。名前もちゃんと書いてあったもの」

「雪子が……死んでいただって？」

私の頭は混乱していた。

「お寺の住職さんに、そのお墓のことを訊いてみたの、そしたらね」

アキは話を続ける。

「二年前に東京から女のひとが、御骨《おこつ》を持ってやって来たんだって。そしてこの御骨を樋口聡子の隣に葬ってほしいって言ったの。なんでもそのひとは東京で樋口雪子さんと一緒に働いていた仲で、体を悪くした雪子さんに自分が死んだら骨を持っていって墓を立ててほしいって頼まれたらしいの。雪子さんはずっと家を出たままだったんだけど、自分が病気で死ぬかもしれないってわかったときに、どうしても故郷に帰りたくなったんだって。その女のひとも雪子さんの気持ちがよくわかるからって、雪子さんの貯めていたお金と彼女の御骨を持ってきてあげたんだって。お寺のひともそういうことならって、お墓を立ててあげたそうよ」

「雪子が、死んでいた……」

私は呟いていた。

「じゃあ、あの夏目由紀子は……誰なんだ？」

「全然関係ないひとなんじゃないかしら」

アキは言った。

「きっと、他人の空似ってやつよ」

「そうなんだろうか……しかし……まさか……」

「なあに？　急に笑い出しちゃって」

アキがびっくりしたように訊いた。

「いや、不意に馬鹿なことを思いついたんだよ。あまりに馬鹿らしいんで、つい笑ってしまったんだが……」

しかし、その思いつきは頭の中から消えようとしなかった。むしろ次第に現実味を帯びてくるように思えた。

「まさかとは思うが……」

私は朝食もそこそこに立ち上がった。

「そんなに急いで、どうしたの？」

「ちょっと調べてみたいことがあるんだ」

私は代金を払うと、

「君のおかげで助かったよ。感謝する」

そう言って店を出た。

「野上さ〜ん！」

ふりむくとアキが店の扉を開けて顔を出していた。うれしそうだった。

「がんばってねえ〜！」

私は手を振って、車に乗り込んだ。向かうのは、天霧家だ。

天霧邸にはまだ警察官が数人詰めていた。屋敷内に入ると、彼らの間になんとなく騒然とした雰囲気が流れているのを感じた。

顔見知りの警官がいたので、呼びとめた。

「何かあったのかね？」

「は、はい。逃げ出したのであります」

警官は緊張した表情で答えた。

「逃げ出した？　誰が？」

「殺された天霧和馬の愛人であります」

「由紀子さんが？　本当か!?」

私は思わず彼に詰め寄った。

「は、本当です。逃げたんであります」

警官は私の勢いに気圧《けお》されるように、たじろいだ。

「いつだ？」

「今朝早く、そっと抜け出したとかで……今、池田刑事が中心になって行方を追っています」

「……くそっ！」

私は駆け出した。

車に戻ると、まっすぐに天業寺に向かった。

天業寺は三百年前に建立されたという古い寺だった。本堂は百年前に焼失したが、山門だけは建立当時のものがそのまま残っている。

車を降りた私はその山門を駆け抜けると、ちょうど境内を帚《ほうき》で掃いていた若い住職をつかまえた。

「すみません、昨日若い女性が樋口聡子の墓を尋ねてきたはずですが、その墓はどこにあるんですか」

「樋口さん、ですか……」

住職は突然のことに眼を白黒させながら、

「それでしたら、裏門からずっと登っていった先の墓地、その手前から四列目の右端ですが」

「今日、その墓に誰か来ていませんか」

「今日ですか……そう言えば夜明け頃にご婦人が墓地にいらっしゃるのを見かけましたね。昨日のかたとはちがうようですが」

「ありがとうございました」

私は礼もそこそこに、墓地へ向かった。

目当ての墓は、すぐに見つかった。どちらも小さな墓だった。

「樋口聡子之墓」と「樋口雪子之墓」だ。

ふたつの墓の前には花束が置かれていて、燃え尽きて間もない線香の灰が残っていた。

今朝、誰かがここにやってきたのだ。そして、行ってしまった。

もう少し早く気づいていれば、と私は自分を責めないではいられなかった。まだ、間に合うだろうか。

可能性は低かった。しかし、行ってみるしかないだろう。

私は自分の車に戻った。


彼は、普段どおりに仕事をしているようだった。私は彼の職場が見える位置に車を停めて、ただ待った。

もしかしたら、とんでもない勘違いをしているかもしれない。もし勘違いでなかったとしても、すでに手遅れかもしれない。そんな思いが何度も心をよぎる。そのたびに焦りが喉元まで迫り上がってきた。しかし今は、ただこうやって動きがあるのを待つより他に、手立てはなかった。警察のほうで先に見つけてくれていれば幸いなのだが。

動いたのは、午前十時すぎだった。

彼はひとりで出てきた。自分のものらしい車に乗り込み、駐車場を出ていく。私は少し距離をおいて車を発進させた。

彼の車は国道沿いにゆっくりと走っていた。尾行に気づいた様子はない。私は半ば祈るような気持ちで、車を追った。

車はやがて国道を外れ、住宅地として造成中の山林に向かった。小高い山の斜面が半分ほど削り取られ、赤土を剥き出しにしている。何年か後にはここにいくつもの家が立ち並ぶことになるのだろう。しかし今は、まるでこの世の終わりのように荒涼とした風景があるばかりだった。今日は休みになっているのか、工事をする人影も見えない。放り出されたように立ち尽くしている建築車両が、その景色を一層殺風景なものにしていた。

車はその工事現場を通りすぎ、まだ楢《なら》や椚《くぬぎ》の繁る雑木林に入って行った。ここから先は人がほとんど行き来することのない寂しい場所なので、相手に気づかれないように尾行するのは困難だった。私は車を停め、自分の足で追いかけることにした。林道はすぐに途切れて、彼も遅かれ早かれ車を降りなければならないはずだった。

しばらく歩くと、思ったとおり車が乗り捨てられていた。その先は細い獣道が続いているだけだ。私はその道を進んだ。

途中で道が二股《ふたまた》に分かれていた。耳を澄ませてみたが、足音らしきものは聞こえない。道を注意して調べてみると、右側の道の地面に足が滑ったような痕《あと》が残っていた。

「こっちだ」

声に出して自分を納得させると、私は右の道を進んだ。

林の中は平地よりずっと涼しかったが、歩いているとやはり汗が流れてくる。それに足元が積もった落葉のせいで柔らかくなっており、とても歩きにくかった。しかしそのせいか、地面のところどころに足を滑らせた痕がついているのがわかった。間違いなく誰かがつい先程この道を通ったのだ。私は手の甲で汗を拭《ぬぐ》いながら、先へ進んだ。

不意に木立が途切れて、視界が開ける場所に出た。膝《ひざ》の高さまで伸びた草の葉が夏の陽射しを反射させていた。

その先に粗末な小屋が建っていた。廃材を寄せ集めて造ったような、およそ人間が生活するには適さない建物だ。

私はそっと小屋に近づくと、硝子の割れた窓から中を覗いた。

薄暗い小屋の中は、私のいる位置からでは何があるのかよく見えなかった。だが人間らしい影が動いているのが辛うじてわかった。

「誰にも気づかれなかったろうな」

男の声がした。私の存在に気づいているはずはないのだが、人目をはばかるように押し殺した声だった。

「…………」

相手の声は、さらにか細かった。何を言っているのかほとんど聞こえない。

「準備は済ませた。すぐにもここを出るんだ。手紙は書いてきたな？」

しばらくの間があった。紙をめくるような音がする。

「いいだろう。これで万事うまく治まる。後は任せておけ。悪いようにはしない。さあ、急ごう」

やがて小屋の扉が開き、ふたりの人間が出てきた。ひとりは私が尾行していた男であり、もうひとりは私が案じていた人物だった。

どうやら間に合ったようだ。私はとうとう由紀子を見つけることができたのだ。

小屋の陰に隠れて、ふたりを監視した。由紀子は男の後をゆっくりとついていった。白地に薄い茶色ですすきの穂を描いた絣《かすり》の着物を着ている。叢《くさむら》の中を静かに歩いていくその姿は、すでにこの世にない者であるかのような儚《はかな》さを感じさせた。

彼は先程やってきた道とは反対の方角に歩きはじめていた。その先では道が途切れて崖《がけ》になっている。その先には遠く街の風景が見渡せた。

崖の端に来ると、男は立ち止まって大きく伸びをした。

「いい天気だ。こっちに来てみろ。景色がいいぞ」

由紀子は男の隣に立った。崖の向こうから吹いてくる風が、結い上げた髪の端を震わせていた。

「この街ともお別れだ。よく見ておくんだな」

そう言いながら男は、静かに後ろに下がった。そして由紀子の真後ろに立った。

男の手が上がる。その手が由紀子の背中にかかろうとした。

その瞬間、私は飛び出した。

気配に気づいた男がふりかえって、驚いたような表情を見せた。私は大股で走り寄って、男の腕をつかんだ。

「なっ……何をするんですか」

「それはこっちの台詞《せりふ》ですよ」

私は言った。

「まだ人殺しを続けるつもりですか、敬一さん」

男――天霧敬一は大きく眼を見開き、喉仏を動かした。

「何を……何を言っているんですか。私が人殺し？　冗談じゃない。誰を殺したと言うんです？」

「ご自分の家族、天霧和馬さんと瑞江さんのふたりですよ」

「そんな馬鹿な！　私がどうして身内の者を殺さなければならないんですか。まさか遺産争いとかなんとか、変な理屈をつけて私を陥れようとしているんじゃ……」

「遺産目当てではないかもしれません。しかし動機は他にもある」

私は由紀子のほうを見た。無表情に私たちを見つめている。

「このひとの正体を公にされたくなかったからです。違いますか」

ぐっ、と敬一の喉が鳴った。

「とにかく、ふたりとも警察に行きましょう。詳しい話は向こうですればいい」

私が捕えた腕を捻《ひね》ると、敬一は小さく悲鳴を上げた。私はもう一度由紀子のほうに眼を向けた。

そのとき、崖っ縁に立っていた由紀子の足元が崩れた。そのまま姿勢を崩しそうになる。

「あぶないっ！」

私は敬一を放り出し、由紀子の体を間一髪で抱きとめた。

由紀子は私の眼を見つめながら、小さく呟いた。

「このまま……落としてくだされればよかったのに……」

「そうはいきませんよ。あなたは――」

言いかけたとき、立ち上がった敬一が逃げだそうとしているのに気づいた。

私は由紀子を地面に降ろすと、敬一を追った。

敬一は藪《やぶ》の手前で足を滑らせた。起き上がる前に私は飛びかかり、押さえつけようとした。

次の瞬間、右の腿《もも》に鋭い痛みを感じた。

不意を突かれて転がった私を押しのけるようにして、敬一は起き上がった。彼の手には小刀が握られていた。

私も立ち上がった。ズボンが切り裂かれて血が滲み出している。

「なぜ邪魔するんだ」

敬一の眼は怒りに揺れていた。

「あんたには関係ないだろうが。邪魔するなよ！」

「関係なくはない」

私は彼との間合いを詰めながら、言った。

「私は君のお父さんに調査を依頼された。瑞江さん殺しの犯人を見つけてくれとね。これは私の仕事だ」

「うるさいっ！」

敬一は私の言葉を振り払うように小刀をひと振りすると、また藪の中に逃げだそうとした。

私は痛む足を引きずって後を追った。

薄暗い木立の中で、敬一は再びこちらをふりかえった。

「くそお……どいつもこいつも邪魔ばかりしやがって……！」

顔を真っ赤にした敬一は、私に向かって小刀を振りかざした。

「敬一さん、落ち着いてください」

私は意識して平静な口調を心掛けた。相手を刺激したくはない。

「これ以上、罪を重ねてはいけない。今ならまだやり直せるんですから」

「うるさいっ！」

敬一はしかし、すっかり逆上していた。

「親父も瑞江も、そしておまえも、どうしてみんな私をこんな眼に遭わせるんだ。みんな……みんな大っ嫌いだ！」

敬一は喚きながら、私に向かって小刀を突き出してきた。

私は身をかわしながら突き出された手首をつかみ、そのまま抱え込んだ。手首を一気に捻ると、逆手を取られた敬一は前のめりに倒れ込んだ。私は小刀を持った手を靴で踏みつけ、凶器を手放させた。

「痛いっ！　やめてくれっ、痛いじゃないか！　なんでこんなことをするんだ⁉　やめろよ！」

地面に組み伏せられた敬一は、情けなさそうな悲鳴をあげつづけた。私は彼の腕を逆手に取ったまま捻りあげ、立たせた。彼の声がさらに騒がしくなった。

私は問答無用で彼を引っ張っていった。

崖のすぐ近くに由紀子がうずくまっていた。もしや自分で飛び降りてはいないかと懸念していたので、その姿を見て内心ほっとした。

「さあ、終わりました。行きましょう」

私が言うと、由紀子は顔をあげた。

「戻るんです、由紀子さん……いや、樋口静雄さん」

その名前を聞いた瞬間、彼の瞳が潤みはじめた。

第十七章　天霧家の秘密

「すべては、十六年前の強盗殺人事件が発端だったわけだ」

　捜査一課の椅子に座った私は、冷たい麦茶で喉を潤してから話しはじめた。腿の傷はとりあえず応急処置をしてもらったが、切り裂かれたズボンは情けないことになったままだった。

　聞き手は高森警部、池田刑事に武井刑事の三人だ。

「当時中学生だった天霧敬一と鈴木政秀は、学校の近くに住んでいた松江昌平という老人の金を盗み取ろうと計画した。そのとき犯罪に引き込まれたのが、同級生の樋口静雄だったんだ。その頃の担任だった大塚先生の話では、政秀はいつも静雄を苛《いじ》めていて、ときには家来のようにものを言いつけたりしていたそうだ。静雄はそんな政秀の要求に唯々《いい》諾々《だくだく》と従っていた。

　盗みの計画にも彼は結局つきあうことになった。性格的な弱さゆえ政秀に逆らえなかったのかもしれないし、あるいは病床にある母親のために、まとまった金を手に入れようと思ったのかもしれない。

そして計画は実行に移されたんだが、そこで思わぬ事態になった。彼らは松江昌平を殺してしまったんだ。たぶん盗みにはいったところを見咎《みとが》められて、そういうことになってしまったんだと思う」

「実際に松江を殺したのは、三人のうちの誰なんでしょうね？」

池田刑事が尋ねた。

「そのへんのことは、敬一と静雄に尋ねてみなければ確証を得られないと思うが、私の想像では実際に手を下したのは敬一だと思う。その後の事件処理に天霧和馬が大きく関っていたことを考えると、敬一が自分の罪を必死に覆い隠そうとしたのだと考えるのが妥当だからね。

とにかく、老人を殺してしまった敬一と政秀は、なんとかして罪を逃れたい一心で和馬に泣きついた。彼の金と力に頼ろうとしたわけだ。

彼らの期待したとおり、和馬は事件の隠蔽《いんぺい》工作をしてくれたわけだが、そのやり方はなんとも酷いものだった。静雄ひとりに罪を被せ、彼を失踪《しっそう》させてしまおうというものだったんだ。

しかし静雄はこのときも、理不尽な要求に従ってしまった。母親の面倒を見てやるからという条件を突きつけられたせいかもしれない。その後彼の母親は誰かの援助を受けていたらしいのだが、それが和馬だった可能性はあるからね。だが、それ以前に自分の意志を主張できない彼自身の性格が、和馬の身勝手な計画を受け入れざるをえなくしてしまったのだと思うよ。彼は犯行現場に戻らされ、凶器の花瓶に自分の指紋だけを残し、わざと誰かに姿を見られるようにして逃げた。そして自分の家に戻ってわざわざ証拠の金を残し、そのまま和馬の指定した住処に向かった。

その日から今日まで、静雄には自分の生活、自分の意志というものは一切なかった。和馬に飼い殺しにされながら、ただ生きているだけだったのだと思う」

「なんてえか、無性に腹が立つ話だな」

高森警部が肩を怒らせた。

「好き勝手なことをやりやがった天霧親子も許せないが、そんな理不尽な話をすんなり受け入れちまった静雄にも腹が立ってしかたない。どうしてもうちょっと反抗するとか逃げ出すとか、できなかったんだろうね。俺には信じられんよ」

「静雄の心については、たしかに理解できない面もあるんだが……」

私は言葉を選びながら、

「だがね、世の中にはどうしても自分の気持ちを主張できず、周囲の言うがままになってしまう人間がいるのだよ。誰でも多かれ少なかれ、そういう面を持っているものだがね。静雄の場合はそれが極端だった。十六年も強盗殺人犯として隠れるように暮らし、今また天霧家の醜い争いの道具に使われながら、彼は最後まで自分の気持ちを表に出そうとはしなかったのだからね」

「今回の事件に樋口静雄はどう関っているんですか」

武井刑事が訊いてきた。

「今度のことは、和馬が死の病に冒されたことから始まった。彼の遺産と権力を巡って、敬一や瑞江、塔馬や水上啓子まで加わって争いが起こった。とくに敬一と塔馬は激しく対立していた。彼らはもともと仲がよくなかったようだからね。もし塔馬が和馬の地位を譲られて天霧家の領袖《りようしゆう》になれば、天霧家の財力を後ろ盾に政界に打って出ようとしていた敬一にとっては由々しきことになる。彼は父親に取り入って、なんとか自分の取り分を増やそうと画策していた。

しかし和馬の心は、息子には向かなかった。どうやら彼は敬一に見切りをつけていたようだね。塔馬の言うことを信じるなら、和馬は最近の遺言書で敬一への贈与分を削ったらしい。敬一は怒り、そして焦った。たぶん陰では、父親への硬軟とりまぜた攻勢をかけていたのではないかな。なにせ彼の親分は国会議員だ。しかも金に関して黒い噂の絶えない人物となれば、そちらの方面からの攻勢もなかったとは思えない。事件の前日に中畑議員の秘書として和馬に会ったと言っていたのも、そんなことではなかったのかな。

しかしそこで和馬は対抗措置を取った。ずっと飼い殺しにしてきた静雄を近くに呼び寄せたんだ。

　敬一にとって静雄は、言ってみれば今でも自分の喉元に突きつけられた匕首《あいくち》のようなものだ。静雄が一言喋《しゃべ》れば、彼の過去の犯罪は明るみに出てしまう。これから議員として政界に進出しようとしている敬一にとって、これは致命的な汚点となるわけだ。だから静雄を手元におくことは、敬一にとってはもっとも効果的な牽制となる」

「しかしですね、もし静雄が本当のことを言ったら、敬一だけでなく和馬自身のやったことまで明るみに出てしまうんじゃないんですか。自分の子供が犯した罪を他人になすりつけたってことが、ばれてしまうでしょう？」

「池田君の意見はもっともだね。しかし和馬は、そうなることを恐れてはいなかったと思うよ。根拠は三つ。まず殺人罪の時効が成立している。まあ、たとえ罪に問われなくても醜聞にはなるだろうがね。しかしこれが第二の根拠なんだが、彼は醜聞をあまり恐れていない。これは私が彼と直接話をしたときに実感したことだがね。それともうひとつ、彼は自分の死期を悟っていた。だからもう恐いものはなかったのだよ」

「うーん……」

　池田は唸《うな》った。

「でもですね、静雄をわざわざ女装させた理由は何なんですか。ひょっとして和馬の趣味で？」

「そうではないと思うよ。単に静雄の素顔を晒《さら》す危険を回避したかったからではないかな。この街には彼の顔を覚えている人間がいて、いつ出会うかもしれないのだからね」

「ひどい話だな」

　警部が言った。

「そんなことのために大の男を女装させちまったのかよ。たまらんな」

「静雄は、こう言ってはなんだが女性のように美しい顔立ちをしている。だから和馬が悪戯心で女装させて喜んでいた、とも考えられるね。だとしたら、あまりに残酷なことだが。しかし静雄を側に置くことによって、今度は別のいさかいが起きるようになった。瑞江が妾《めかけ》の由紀子——つまり静雄だね——に遺産を盗られるのではないかと怪しみはじめたんだ。

　もちろんそんな懸念は無用だった。和馬が静雄に遺産を少しでも譲る気があったとは思えないからね。だが疑念に駆られた瑞江は、由紀子を陥れて追い出そうとした。それが例の鉢植え落下事件だ。あれは単なる偶然にすぎなかったのかもしれないが、もし故意に落とされたものだとしたら、その犯人は瑞江だったんだろう。彼女は由紀子に罪をなすりつけようとしたんだ。

　しかし瑞江の期待に反して警察は動かなかった。あの程度のことでは警察だって捜査に乗り出すわけはないんだが、そのあたり彼女は勘違いをしていたようだね。その上和馬から警察の上層部に圧力がかかったこともあって、彼女の目論見は完全に失敗した。

　ところがここで、思わぬ偶然が訪れた。政秀の一周忌に訪れた鈴木峰の家で、瑞江は一枚の写真を見つけたんだ」

「これですね」

　警部が差し出したのは、件《くだん》の写真だった。

「鈴木峰のところから借り受けてきたんです」

「そう、この写真だよ」

　私はあらためて政秀と静雄の姿を見つめながら、

「政秀の隣に写っている少年の顔を見て、瑞江はたぶん驚いただろう。由紀子にそっくりだからね。ひょっとしたら、由紀子の縁者かもしれない。だとすれば、この人物のことがわかれば由紀子の正体を探り出すことができるかもしれない。瑞江はそう思ったんだろう。しかし峰はその人物のことを知らなかった。それでやむなく瑞江は、隙《すき》を見て写真を盗みだし、私の事務所に持ち込んだ。そしていい加減な作り話をこしらえて、私に件の人物の正体を探らせようとしたんだ」

「そのことを知った敬一は、由紀子が静雄であることを知られるのではないかと恐れて、自分の妹を殺しちまったわけですか」

　警部が口を挟んだ。

「そういうことだ。私は自分の迂闊《うかつ》さを悔まないわけにはいかないな。このことについてもっと早くに考えが至っていれば、とっくに敬一が犯人だとわかっていたはずなんだが」

「どういう意味です、それは?」

「敬一が私の事務所に来たとき、私は彼に『政秀と一緒に写真に写っている由紀子によく似た男の子』のことについて尋ねているんだ。彼はそのとき、全然知らないといった素振りを見せた。そのときはさして気にとめてはいなかったが、どうも妙な違和感を感じていた。だが今になって考えてみると、そんなことはあり得ないはずなんだ。なぜなら、瑞江はあの写真を真っ先に敬一に見せていたに違いないのだから。

敬一は一時期政秀とつきあいがあり、その縁で瑞江と政秀は知り合いになった。そういう経緯がある以上、瑞江は政秀の友人関係について誰よりも先に敬一に尋ねていると考えるべきだ。一番手っ取り早い方法なんだからね。

たぶん敬一は、瑞江の質問にも知らないと答えたのだろう。そして内心では、瑞江が由紀子と静雄を関連づけて考えはじめていることにかなり焦りを感じはじめたのだろう。このままでは由紀子の正体がばれてしまう。

それを防ぐために、彼は実の妹を殺す決心をし、そして実行したんだ」

「でも、その方法は?」

これは池田刑事の質問だ。

「敬一はどうやって、瑞江のコップに毒を入れたんです？」

「それはね、気がつけばとても簡単なことだった。瑞江が倒れて私が助け起こそうとしたとき、あの喫茶店の中は大騒ぎになった。他の客たちが野次馬根性丸出しで詰めかけてきて、私と瑞江を覗き込んでいたんだ。あの混乱に乗じて敬一は、卓の上に置かれていたコップに毒を放り込んだんだよ」

「ちょっと……ちょっと待ってくださいよ」

池田は頭を掻きながら、

「それって、順序が逆なんじゃありませんか。瑞江が倒れた後に毒が入れられたんですか」

「そういうことだよ」

「でも、それって……変ですよ」

「変ではないさ。瑞江はコップの毒を飲んで死んだわけではないのだから」

「え？」

三人の刑事が同時に驚きの声をあげた。

「どういうことですか、それは？」

高森警部が勢い込む。

「瑞江が毒殺されたのは、間違いないんですよ」

「ああ、そのとおりだ。ただし瑞江を殺した毒は、コップの水に入っていたものではなく、それ以前に飲んでいたものだ」

「それ以前って……あの毒は即効性のもので、飲んだらすぐに効果が出るはずですが」

「直接飲み込めば、たしかに間を置かずに死んでしまうだろうね。だがカプセルに入っていれば、個人差はあるにしても、そのカプセルが溶けて毒が効果を現わすまでに、三十分程度の時間があるだろう」

「カプセルって……瑞江が持っていた、あの鎮痛剤？」

「そう、あれだよ」

私は頷いてみせた。

「瑞江は敬一も由紀子を邪魔者として排除したがっていると思っていた。だから探偵に由紀子とそっくりな人物の素性を調べさせていることも話していたんだろうと思う。しかしその話を聞いた敬一は焦った。もし探偵が樋口静雄の素性を調べ当てていたとしたら、由紀子が静雄であることも知られてしまうかもしれない。そうなったら彼の身の破滅だ。そこで彼は、最後の手段に出たわけだ。

瑞江の鞄に残されていた薬の残りを見れば、彼女がとても几帳面な飲みかたをしていたことがわかる。薬は包装された端から順に飲んでいるんだ。しかも和馬から聞いた話では、彼女は時間を守ることについてもきちんとしていたらしい。このふたつの事実を知っていれば、瑞江が何時に薬のどの部分を飲むかは簡単に推測できるはずだ。敬一は私と瑞江が会っているときに毒が効いてくるように時間を逆算して、カプセル剤に毒を仕込んでおいた。そして私たちが顔を合わせる喫茶店——この店のことも瑞江から聞きだしていたのだろうね——に変装して先回りしていた。

毒が効いてきて瑞江が倒れる。私が抱き起こし、店にいた客たちが押し寄せてくる。そのときに彼も私たちの卓に近づいて、瑞江の飲んでいたコップに毒を入れたんだ。わかってしまえば、じつに姑息《こそく》なやりくちだね」

「なんとねえ……」

警部は溜息をつく。

「ところで、和馬殺しのほうはどうなんです？」

「瑞江を殺してしまったものの、敬一は安心できる状況にはなかった。瑞江殺しの罪をなすりつけようとした私が何の咎めもなく警察から出て来てしまったし、よりによって和馬がその私に瑞江殺しの調査を依頼したからだ。和馬は誰が犯人か、薄々は気づいていたのだろうね。私を雇ったのは、敬一に対する第二の牽制策だったのだろう。

しかし、もう敬一に牽制は効かなかった。むしろ彼の焦りに火をつける結果となり、とうとうあんな結果を招いてしまったわけだ。和馬は自分の息子を見くびりすぎていたんだよ」

「しかし敬一には立派な現場不在証明《アリバイ》がありますよ。彼は市役所で大事な稟議書を作成していたんです。たしかに書いているときはひとりっきりでしたが、ずっと第六会議室に籠っていなければ書けないだけの分量だったと聞いています。そのことは、国会議員と市長が証人です」

武井が言った。

「それとも、このふたりが嘘をついているんですか」

「嘘は言っていない。議員先生はともかく、久野市長は信頼していい人物だしね。彼らは敬一に利用されたんだよ。

私は市長にその稟議書のことについて尋ねてみたんだ。そうしたら当日議員と市長の間で協議されたのは、些細《ささい》な文章表現の問題にすぎなかったそうだよ。つまりね、その部分を空白にしておけば、残りの分は先に作成しておいても何の問題もなかったんだ。

昨日、あの時間に市長と議員の打ち合わせを設定したのも、議員秘書である敬一だった。協議に入る時点で敬一はすでに稟議書をほとんど書き終えていた。そして協議が終了し正式に稟議書を作成することになって、敬一はひとりで会議室に入った。彼はそこで空白にしていた部分だけ書き足して書類を完成させ、会議室の窓から脱出した。市役所と天霧邸の間は車で三十分程度だったね。彼は大急ぎで天霧邸に赴き、いつもの日課どおり書斎でくつろいでいる父親を、あの天使像で殴り殺した。そしてすぐに引き返し、完成した書類を携えて待っていた市長と議員の前に現われたんだ」

「なるほど……こっちのほうも、わかってしまえば何とも単純な仕掛けじゃないか」

警部は悔しそうに、

「警察もいいように騙されたってわけだ。くそっ」

「ひとつまだ、疑問があるんですけどね」

池田刑事が手を挙げて、

「敬一はどうして、あの天使像を凶器に選んだんでしょう？　他にも手頃な物があの書斎にはあったのに」

「たぶんそれは、書斎にあるものの中であの像が一番重くて扱いにくい代物だったからだよ」

「どういう意味です？」

池田は首を傾げた。

「敬一は自分だけでなく、由紀子――静雄にも嫌疑がかからないようにしなければならなかった。取り調べでもされれば、由紀子が男であることはばれてしまうからね。だから彼は、最初から由紀子が容疑の埒外《らちがい》に置かれるように仕組んだんだよ。あんな重い物をいかにもひ弱そうな由紀子が凶器に使うはずがない。警察にそう思わせたかったんだ。事実君たちも、そう思ったのではないかね？」

「ああ、たしかにそう思いましたねえ。そうかあ、そういうことだったのかあ」

池田はやっと納得したようだった。

「妹と父親を殺した敬一は、それでも安心できなかった。最後まで残った邪魔者——静雄がいたからだ。彼はとうとう、静雄を殺害することにした。そして彼に遺書めいたものを書かせ、あの雑木林の奥の小屋まで誘《おび》き出したんだ。あそこで彼を殺し、遺書を残して失踪したことにしてしまうつもりだったんだろうな」

頭の芯にしこりのような痛みが巣くっているのを感じながら、私は言葉を続けた。

「とにかく今話したことは、私が推測でまとめたものにすぎない。たぶん間違っていないと思うがね。あとは警察に任せるよ。敬一からしっかりと自供を取ってくれ」

「任せておいてください」

警部が言った。

「野上さんが煮え湯を飲まされた分まで、俺たちでみっちりしごいてやりますから」

「煮え湯か……」

私は苦笑しないではいられなかった。

「たしかに今回は、いいようにやられてしまったな。結局振り回されるばかりだった」

「何言ってるんですか、事件を解決したくせに」

「解決は、したよ。だが……」

私は眉間《みけん》を指で揉《も》みながら、

「まあいい。あとは頑張ってやってくれ。ああそうだ、敬一を調べるときには、鈴木政秀の件も忘れないようにね」

「政秀の件？」

「政秀を轢《ひ》き逃げした犯人は、まだ見つかっていないんだろ？　敬一が口封じをしたのかもしれない。彼を追及すれば、何かわかるかもしれんよ。それから悪いがひとつ、頼みを聞いてくれないか」

「何です？」

「樋口静雄と話をさせてほしいんだ。ふたりきりでね」

夏目由紀子、いや、樋口静雄は取調室の椅子に腰かけていた。眼を赤くしていたが、今はもう泣いてはいなかった。少しうつむき加減に向かい側の壁を見つめている。結った髪は少し乱れていたが、着物の乱れはない。

男であることがわかっていながら、それでも彼は美しかった。

「樋口さん」

声をかけると、彼はゆっくりと視線を向けた。

「あなたは、母親のことが心配で、天霧の人間に逆らうことができなかった」

私は向かい側の椅子に腰を降ろしながら、言った。

「それに性格的に優しすぎて、たとえそれが理不尽なものであっても、他人の要求に抗うことができなかった。だから中学のときのあの事件以来、ずっと身をひそめるようにして生きるしかなかった。そんなふうに女装させられたのも、天霧父子が十六年前の犯罪を覆い隠すための方便にすぎなかった……私は、警察にそのように報告しました。よろしいですね？」

静雄は、何の反応もしなかった。ただ、私を見つめているだけだ。

「あなたには多分、何の咎《とが》もないはずです。一応の取り調べを受けたら、釈放されるでしょう。ご心配なく」

「………」

静雄が何か言ったようだ。かすかに唇を動かした。

「何ですって？」

「……違うんです」

かすれぎみの声が、そう言った。

「わたしは、優しくなんかない。優しい人間が、母を見捨てたりは、しない」

彼の瞳に霞《かすみ》がかかったような気がした。

「わたしはただ、弱かったんです。あのひとたちの言いなりになるしかない。そうするしかないほど、弱かった……」

「優しさは、弱さであることもあります。強さであることもあります」

　私は言った。

「あなたの場合は、たしかに弱さだったかもしれない。しかしその弱さを責めることは、誰にもできません」

「わたしは、弱かった」

　静雄は私の言葉を聞いていなかったかのように、繰り返した。

「弱くてそして、ずるかった。天霧のひとたちに家畜のように扱われながら、そういう境遇に甘えていたんです。病気になった母を看病するより、母のために苦労するより、あのひとたちに囲われているほうが、よかったんです」

　静雄は自分の手を汚らわしそうに見据えながら、

「わたしは……わたしはずっと、あのひとたちに、天霧の親子に……女として扱われてきた。心も体も、女として……わたしはそれを……ただ受け入れてきたんです」

　静雄は机に突っ伏して嗚咽《おえつ》を洩《も》らした。細い項《うなじ》が、震えていた。

　その姿には、一種ぞっとするほどの艶《なま》めかしさがあった。けっして彼は、自ら意図してそうしているわけではないのだろう。しかし彼の仕種の端々には、誘うような媚《こ》びが感じられる。

妖婦《ようふ》、という言葉が、頭から離れなかった。

妹や父親さえ殺した敬一が、一番危険な存在である静雄に最後まで手を出せなかった理由。和馬が静雄を自分の側から離さなかった理由。その答えが、この言葉に籠められているような気がした。

ひょっとしたら天霧家の運命を狂わせたのも……そう思うと、なぜだか背筋が冷たくなった。

「とにかく、あなたは天霧親子の犠牲者です。今はもう、その親子もあなたに手を出すことはできない。これからは、あなた自身の人生を生きてください」

私はそう言うと、泣き伏している静雄を残して、取調室を出た。それ以上、彼とふたりきりでいる勇気がなかったのだ。

部屋の外では、高森警部が待っていた。

「野上さんの努力には、報いるようにしますよ」

彼は言った。何もかもわかっている、そんな表情だった。

「ありがとう」

私はそう言うのが精一杯だった。

「そういや、ひとつ言い忘れていましたが、草野鉄也の居場所がわかりましたよ。やっこさん、水上啓子の家にいました」

「水上啓子の？」

「瑞江が死んだら、今度は啓子に乗り換えたらしいですな。どうしても天霧家の遺産争いに加わりたいようです。まだまだあの家は厄介ごとが続きそうだ」

警部はどうしようもないといった様子で肩をすくめた。

「どうです、今夜また飲みに行きませんか。今度は事件解決のお祝いってやつをやりましょう」

「いや、悪いんだが、今夜は無理だ」

私は警部の申し出を断った。

「今夜、俊介が帰ってくるんでね。それに、一度着替えてから、行かなければならない所があるんだ」

「何です？　まさか逢引《あいびき》か何かですかい？」

茶化すように、警部が言った。

「逢引か……そうだな、そんなようなものだ」

私は言った。

「会いに行くんだ。久しぶりにね」

終章

大きな椎《しい》の木が日傘のように木陰を作っているその下に、妻の墓はあった。

蝉《せみ》の声が、入道雲を浮かべた空を幾重にも包んでいる。

墓の周囲を掃き、墓石を洗い、途中の花屋で買い求めた花を墓前に置いた。

線香と蠟燭を立て、火を灯す。風がない日だったので、線香の白い煙はまっすぐに立ち上っていった。

私はその煙の行き先を、眼で追いかけていた。煙はいつしか薄れ、空に溶けこんでいく。

溶けていったその先に妻の魂と、私の魂のかけらが眠っている。そんな気がした。

と、背後で声がした。

振り返ってみると、隣の墓石の陰から一匹の猫が顔を覗かせていた。

見覚えのある顔だ。

「……ジャンヌ。おまえ、どうして……」

そのとき、ジャンヌに続いてもうひとつ、見知った顔が墓石の間からひょっこり現われた。

「野上さん、ただいま」

少しはにかんだようなその顔を見て、私は本当に驚いていた。

「どうして……帰ってくるのは今日の夜じゃなかったのかね？」

「早めに帰ってきちゃったんです」

俊介は恥ずかしそうに笑っていた。

「向こうで思い出しちゃったもんだから」

「思い出したって？」

「今日、奥さんのご命日でしたよね」

俊介の手には、白い百合の花束があった。

「この花、久野君の別荘の近くに咲いてたんです」

「そうか……ありがとう」

俊介は私が置いた花束の横に、持ってきた百合を重ねた。

「桔梗《ききょう》ですね」

「ああ、妻が一番好きだった花だ」

私は言った。

「そして二番目に好きだったのが、白い百合だったよ」

「そうですか……よかった」

俊介は墓の前にしゃがむと、手を合わせて眼を閉じた。

私も彼の隣に座った。

「命日にも坊さんを呼んで読経するなんてことはしてくれるな、というのがあいつの遺言だった」

私は墓石を見つめながら言った。

「抹香臭いことが嫌いだったんだ。そのくせたまには会いに来てくれ、なんて言い残しやがった。まったく世話の焼けるやつだよ」

俊介は何も言わなかった。私は腰を上げながら、訊いた。

「山は、楽しかったかね?」

「はい」

立ち上がった俊介は、元気に頷いた。

「久野君の別荘、すごくきれいでした。みんなで山歩きしたりご飯作ったり、ほんとに楽しかったです。わがまま言って早く帰ってきちゃったけど、もっとずっといてもいいって思ったくらいでした」

「そうか、それはよかったな」

私を見ている俊介の表情が、そのとき気遣わしそうに翳《かげ》った。

「野上さん、どうかしたんですか」

「ん？　どうかしたというと？」

「なんだか、すごく疲れてるみたい」

「ああ、そのことか。少しばかり、疲れるようなことがあってね」

「事件ですね」

俊介は相変わらず、鋭かった。

「まあ、そんなところだな。ただし、もう終わったよ」

「解決したんですか」

「ああ、何もかも、終わったんだ」

「そうかあ……」

俊介は少しつまらなそうな顔になった。

「どんな事件だったたか、後で教えてくださいね」

「ああ、いいとも」

頷きながら私は、どこまで彼に話していいものか考えていた。できれば今度の事件は、俊介に話したくはなかったのだ。しかし、まるで話さないわけにはいかないだろう。

「じゃあ、とにかく『紅梅』に行こうか」

私は言った。今は時間を稼いでおいて、その間に話していいことと隠しておきたいことに話を整理しておこうと思った。

勘のいい俊介にどれだけ通じるか、いささか不安ではあったが。

「アキも待ってるだろうからな」

「そうですね」

俊介はジャンヌを抱き上げながら、

「今日の夕飯、『紅梅』で食べちゃいましょうよ」

「オムライスか」

「当たり！」

俊介は屈託なく笑った。

「……しかたないな。まあ、それでもいいか」

私は墓の掃除道具を手にすると、車の置かれている所に通じる坂道を降りはじめた。俊介はジャンヌを抱えてついてくる。

ふと、後ろを振り返った。

「どうかしたんですか」

俊介が訊いた。

「いや……なんでもない」

私は答えた。

そう、なんでもなかった。誰かが笑いかけていたような気がした、それだけのことだ。

しかし当然のことながら、背後には誰もいなかった。

ただ妻の墓に椎の葉が影を落として、笑うように揺れていただけだった。

解説――それでも私たちはひとりぼっちではない

早見裕司

一つの小説を読むということは、一つの世界を生きてみることではないかと思うのです。一冊の本、一つのシリーズにめぐり会うたびに、そこに現われる世界は、いろいろな姿を見せてくれます。そして、いろいろな生き方を教えてくれます。本を読む意味は、そこにあるのではないか、と私は思っています。

さて、太田さんの本を読んで、まず気づくのは、その世界が傷に満ちていることです。おそらく、多くの人は、傷つかずに生きていくことは難しいでしょう。ですから、現実を舞台にした小説で、心の傷を描くことは当たり前かもしれません。特にこの狩野俊介くんのシリーズは、ミステリ、それも殺人を描いたミステリです。殺人は、何かの悪意によって起きることも多いですから、その悪意が人を傷つける様子が描かれても、おかしくはありません。

しかしそれにしても、太田さんが描く悪意と、それによって人が受ける心の傷の、なんと痛ましいことでしょう。特にこの「天霧家事件」では、少しずつ、小さな悪意が現われ、やがて、とても大きな、ひょっとしたら耐えがたいほどの悪意が姿を見せます。その刃の鋭さは、第三者であるはずの探偵にも、そして、ただの読者である私の心にも、深い傷をつけてしまうほどです。

それでも私が本を閉じないのは、その悪意に対して、充分な優しさが用意されているからです。

この本では、主人公・狩野俊介くんの保護者であり、もうひとりの名探偵でもある野上英太郎さんが、ある「仕掛け」を用意したことが、冒頭に出てきます。そのためこの本は、シリーズの中では異色とも言える話になっていますが、そこに野上さんの、あるいは太田さんの優しさを見ることができます。

そして、野上さんと、その良き友人たちとの会話にも、あるいは次のような野上さんのセリフにも、繊細な優しさが現われています。

「必要もないのに、ひとの心にずかずかと踏み込むような真似は、したくありませんからね」

「やらなければならないときは、やりますよ。（中略）ただそれだけに、ひとの心や秘密については、慎重にならざるを得ません。不必要に秘密を暴くことは、探偵にとって最も慎むべきものです」

「探偵にとって」は、そのまま、「人間にとって」とも読み替えられるでしょう。

野上さんは、探偵である前に、人間として良く生きようとしているように思われます。いや、あるいはそれだからこそ、名探偵なのかもしれません。

そして、この本に限って後回しにしなければならない（なぜか、は本文をお読み下さい）狩野俊介くんも、また、より良く生きようとしている、しかし、ごくふつうの少年です。いいえ、ふつうの人よりもナイーヴで優しい、それだけに傷つきやすい少年と言えるでしょう。

私は、超人的な名探偵も好きですが、俊介くんや野上さんのように、人間として、懸命に生きている人物には、思い入れずにはいられません。

そうした、優しい、繊細な探偵たちが、この上もない悪意に接するのですから、傷つかないわけがありません。この本で、シリーズの中で、俊介くんや野上さんは、一つの事件を解決しようとするたびに、苦しみます。ときには、叫び出さずにはいられないことだってあります。

それでも、彼らは逃げないのです。

世界が、悪意という姿をとって立ちはだかっても、目をそむけずに立ち向かっていくのです。

それこそが、ほんとうの強さだと、私は思います。

初めから強い人が、強くふるまうのは、言ってしまえば当たり前のことです。そういうお話も、私は嫌いではありません。しかし、人間としての弱みを、充分すぎるぐらい持っている人が、傷ついて、ときにはぼろぼろになっても、それでもなお相手に立ち向かっていく姿には、強い共感を感じずにはいられないのです。

なぜなら、それが、人間だから。

現実の社会に戻ってみると、私たちは、無数の刃物を突きつけられているような気がします。悪意という刃物を。悪意なしに人を傷つける、もっとたちの悪い相手もいます。人間らしい心を持った人には、この世界は少し、辛すぎるかもしれません。

それでも私たちは、生きていかなければならないのです。それも、できるならば昨日よりは今日を、今日よりは明日をより良く生きたい、そう願うのが、人間らしさではないでしょうか。

このシリーズを、そして太田さんの本を読むたびに、私は、より良く生きたい、と思うのです。

太田さんは、決してお説教をするのではなく、また、手の届かない存在を描くのでもなく、読者である私たちと同じ目の高さで、傷ついたり、くじけそうになりながら、それでも立ち上がっていく人間を描いています。

あるいはそれが、ほんとうの意味での、ヒーローなのかもしれません。絵空事ではなく、自分がもうちょっとだけの勇気を持てば、なれるかもしれない、そんなヒーローです。

人は、いくら友だちがたくさんいても、最後のところでは、自分ひとりで生きていかなければなりません。自分の人生は、自分で決めるしかありません。

その孤独のせいで、つまずいたり、くじけそうになったときに、太田さんの小説の人物は、良い道連れになってくれます。

助けてくれるわけではありません。人生のいろいろな「事件」は、ひとに助けてもらえるようなものではないからです。けれど、ここにも苦しみ、傷つき、それでも生きていく人がいる、と思える相手がどこかにいたら、人は、ひとりぼっちではないのです。

太田さんの小説と、そこに登場する人物は、そういう形で私たちを励ましてくれます。

もちろん、そういう読み方をしないで、単純に楽しむためだけに読んでも、太田さんの作品には、ミステリの楽しさがあふれています。この「天霧家事件」でも、積み重ねられていく謎と、意外な結末は、読者を楽しませてくれるでしょう。

けれど、その上で、やはり私はそこに描かれた、ふつうの人間の優しさと勇気に、心を惹かれないではいられません。

それはたぶん、私が弱く、孤独だと思っているからなのでしょう。

だから私は、俊介くんや野上さんたちと一緒に、太田さんの世界を生きてみます。そして、自分がひとりぼっちではないことを、確かめているのかもしれません。

太田さんのインターネットのサイトには、こんなことばが掲げてあります。

「I am here. You are not alone.」

いつもそばにいなくても、その人がそこにいる、と思うだけで、自分がひとりではない、と思わせてくれる友だち。太田さんが描いている人物は、そういう人たちです。

この本を、そしてこのシリーズを読んだあなたは、一生の友だちを得ることができるでしょう。

私たちは、ひとりです。けれど、ひとりぼっちではないのです。

二〇〇三年一月

この作品は1995年6月徳間書店より刊行されました。

徳間文庫をお楽しみいただけましたでしょうか。どうぞご意見・ご感想をお寄せ下さい。
宛先は、〒105－8055　東京都港区芝大門2－2－1　㈱徳間書店「文庫読者係」です。

徳間文庫

天《あま》霧《ぎり》家《け》事《じ》件《けん》

2003年2月15日 初刷

著者 太《おお》田《た》忠《ただ》司《し》

発行者 松《まつ》下《した》武《たけ》義《よし》

東京都港区芝大門二—二—二〒105—8055

発行所 株式会社 徳間書店

電話 編集部〇三(五四〇三)四三五〇
販売部〇三(五四〇三)四三二四

振替 〇〇一四〇—〇—四四三九二

印刷 凸版印刷株式会社

製本 ナショナル製本協同組合

ISBN4-19-891835-X (乱丁、落丁本はお取りかえいたします)

〈編集担当 村山昌子〉